Mandragora

Heide Jahn

Mandragora

Science - Fiction

Bibliografische Information der Deutschen Nationalbibliothek:
Die Deutsche Nationalbibliothek verzeichnet diese Publikation in der Deutschen Nationalbibliografie; detaillierte bibliografische Daten sind im Internet über http://dnb.dnb.de abrufbar.

Ideenschmiede: Heide Jahn, Matthias Jahn
Coverfoto: Uta Friebel
Korrektorat: Karin Friebel
Herstellung und Verlag: BoD – Books on Demand, Norderstedt

ISBN: 978-3-7568-8977-8

Inhaltsverzeichnis

01 - Ankunft

Die salzige Gischt schlug ihm ins Gesicht. Er fror, aber trotzdem blieb er vorn an der Reling stehen und starrte auf den langsam heller werdenden Horizont. Dies hier war es, worauf Ethan seit knapp zehn Jahren hingearbeitet hatte. Schon zu Schulzeiten hatte er von der geheimnisvollen Forschungsinsel gehört, welche weitab von jeglicher Zivilisation und besser geschützt als jede Militärbasis liegt. Nur die schlauesten Köpfe kamen hier her, um an Dingen zu arbeiten, welche die Welt den Atem anhalten ließen, sowohl im Positiven, als auch im Negativen. Vor fünf Jahren hatte eine Pandemie die Menschheit erschüttert, deren Ursprung man auf dieser Insel vermutete. Allerdings kam nur ein Jahr später von einem anderen Wissenschaftler, auch von dort, ein äußerst wirkungsvoller Impfstoff.

Laborgezüchtetes und obendrein kostengünstiges Fleisch hatte man hier entwickelt und schnellwachsende Pflanzen, die kaum Wasser benötigten, aber so viel CO2 filterten, dass man damit ganze Großstädte reinigen konnte. Ethan könnte noch stundenlang weitere bahnbrechende Erfindungen aufzählen.

Alle drei Jahre ging ein Schiff mit einigen Auserwählten zu dieser Insel, damit sie ihre klugen Köpfe dort unter Beweis stellen konnten. Die Liste an Bewerbern war endlos, auch wenn die Bedingungen nicht härter hätten sein können. Die Insel war von der Außenwelt völlig isoliert. Lediglich ein Versorgungsschiff kam alle drei Monate vorbei. Von den wenigsten Wissenschaftlern, die es dorthin verschlug, hörte man jemals wieder etwas. Rund 70% blieben gänzlich verschollen. Von den Rückkehrern hatte sich in den letzten Jahren gut ein Viertel umgebracht oder war dem Alkohol so stark

verfallen, dass es aufs Gleiche hinauskam. Erschreckenderweise war die Zahl derer, die nach ihrer Rückkehr ermordet oder verhaftet und lebenslang weggesperrt worden, auch nicht viel kleiner. Der klägliche Rest lebte derart zurückgezogen, dass man ihn auch als verschwunden bezeichnen könnte. Um keinen Ort rankten sich so viele Gerüchte und Anschuldigungen von grauenvollen Experimenten wie um diesen. Und dennoch – diejenigen, die es schafften, veränderten die Welt!
Die Sonne schälte sich langsam aus den Fluten und Ethans Puls begann zu rasen. Dort am Horizont konnte er sie sehen. Die noch winzige Silhouette der Isla Vanu!

Der Kapitän, ein Mann wie ein Bär, mit von Salz und Wind zerfurchtem Gesicht kam nach vorn an den Bug und zündete sich mit seinem Sturmfeuerzeug eine dicke Zigarre an.
„Na Junge, freust dich wohl auf Großes, dass du hier oben stehst, während die anderen sich unter Deck verkrochen haben?", fragte er grinsend, während er sich neben Ethan an die Reling lehnte und seinem Blick zur Insel folgte.
In Ethans Augen leuchtete tatsächlich die unbändige Freude eines Kindes am Weihnachtsabend, dennoch war sein Gesicht so weiß wie ein Kreidefelsen.
„Ich kann es kaum erwarten, dort anzukommen… Aber um ehrlich zu sein, ist im Moment der größte Grund dafür, mein Magen. Das Geschaukel bekommt mir nicht und ich habe langsam auch das Gefühl, dass die Tabletten, die ich seit drei Tagen schlucke, nur aus Traubenzucker bestehen. Hier oben zu stehen und auf den Horizont zu starren ist das Einzige was noch hilft."
Trotz des starken Windes konnte Ethan die Zigarre

deutlich riechen, was seinen Magen erneut rumoren ließ.

Der Kapitän gab ein tiefes Brummen von sich, das wohl Zustimmung signalisieren sollte, aber so bedrohlich klang wie ein wütender Grizzly.

„Ich hasse diese Insel… Was meine alte Lady…", er tätschelte liebevoll die Reling, „und ich in den letzten Jahren von dort wieder zurück gebracht haben…"

Er trat noch einen Schritt auf Ethan zu und drängte ihn damit bis in die Spitze des schmalen Auslegers, ohne dabei den Blick von der See vor ihnen abzuwenden.

„Viel mehr Leid als Freud, so viel ist sicher! Aber was weiß ich schon…"

Er nahm wieder einen tiefen Zug von der Zigarre. Der Gestank von Rauch, billigem Alkohol und zu wenig Körperhygiene verschlug Ethan den Atem, aber er hatte keine Chance, an dem Mann vorbeizukommen. Diese erzwungene Nähe war ihm mehr als unangenehm, auch wenn der Kapitän ihn nun völlig ignorierte. Gerade, als er seinen Mut zusammennehmen und darum bitten wollte, durchgelassen zu werden, pfiff der Kapitän und riss den Arm kraftvoll nach rechts. Sofort zog der Steuermann den Kahn in eine scharfe Kurve. Ethan umklammerte mit beiden Armen die Reling und sah gerade noch, wie das Schiff nur wenige handbereit spitzen Felsen auswich, die kaum durch die wilde See über die Oberfläche reichten. Die ganze Prozedur wiederholte sich nun immer wieder in die eine oder andere Richtung, ohne dass sie dabei an Tempo verloren. Seine Übelkeit war verflogen, dafür hatte sich nun blanke Panik in ihm breit gemacht. Die Strömung zwischen den Untiefen und die ruppige Lenkung vermittelten ihm das Gefühl, in einer Waschmaschine unterwegs zu sein.

Der Kapitän stand jedoch immer noch gerade, als sei er selbst ein angeschweißter Mast auf seinem Schiff.

Ethan war inzwischen klitschnass von der tobenden Gischt und war in der Spitze des Auslegers zu einem kleinen Häufchen zusammengeschrumpft, das mit weit aufgerissenen Augen zu dem Verrückten vor ihm hochblickte, der lachend mit einer aufgeweichten Zigarre zwischen den Kiefern ein Konzert des Untergangs dirigierte.

Ethan hatte darüber gelesen, dass ein Grund für die Abgeschiedenheit der Insel die tückische See war, die sie umgab. Zahlreiche Schiffe waren hier gesunken. Es gab nur einen, der es seit Jahren schaffte, ohne dabei auch nur ein Schiff verloren zu haben und der stand gerade vor ihm. An diesen Gedanken klammerte Ethan sich ebenso fest wie an das Geländer.

Der ganze Spuk endete so abrupt, wie er begonnen hatte und auch, wenn das Tosen der Wellen immer noch bedrohlich im Hintergrund grollte, wiegte das Schiff sich nun sanft im Sonnenschein. Die Türen, die unter Deck führten, wurden aufgestoßen und mehrere der Mitreisenden übergaben sich würgend über die Reling. Nur wenige Minuten später erreichten sie den kleinen Hafen, der aus rohem Beton eigens für dieses eine Schiff gebaut zu sein schien. Es gab weder Bänke, noch Hütten oder sonst irgendwelchen Schnickschnack. Nur einen hohen Mast mit einer großen Zeitanzeige, die bedrohlich tickend Sekunden herunterzählte. Neben dem Mast waren einige Holzkisten und Fässer aufgestapelt. Von hier führte nur ein einziger schmaler Weg in das Urwalddickicht, das diese Bucht umgab.

„Bewegt euch, ihr verdammten Hunde!", brüllte der Kapitän. Auf der Anzeige waren noch knapp dreißig Minuten angegeben.

„Was bedeutet das?", fragte Ethan vorsichtig.

„Wenn diese Uhr heruntergezählt hat und wir noch nicht fertig verladen haben, müssen wir gut 20 Stunden hier ankern, bevor die nächste Flut uns über das Riff lässt. Und das werde ich ums Verrecken nicht tun, also pack mit an oder verpiss dich, Junge!"

Den letzten Teil des Satzes brüllte er so laut, dass sein Speichel Ethan um die Ohren flog und dieser sofort zur nächstbesten Kiste stürzte, um zu helfen. Die sechs anderen Reisenden verließen derweilen das Schiff.

„Das ist hoch sensibles Messwerkzeug! Seid gefälligst vorsichtig damit!", fluchte einer von ihnen mit deutlich japanischem Akzent.

Der Asiat war ungefähr in den Fünfzigern und so, wie er da zwischen der Ladung herumsprang, musste Ethan zwangsläufig an einen Kistenteufel denken. Den meisten anderen waren die Strapazen der Überfahrt und besonders des letzten Stücks immer noch deutlich anzusehen und sie begnügten sich damit, still ihre Sachen zusammenzusuchen und ein Stück abseits auf ihren Koffern oder dem Boden Platz zu nehmen, um zu warten.

Nach wenigen Minuten war alles entladen, was im Bauch des Schiffes verstaut gewesen war und die Männer begannen damit, die Fracht vom Hafen in den Laderaum zu stapeln.

Wie aus dem Nichts erschien ein hagerer Mann auf dem Weg. Er war leger gekleidet mit einem Hoody, dessen Kapuze er weit ins Gesicht gezogen hatte. Über der Schulter hing eine Reisetasche und sein Schritt verriet Eile. Kaum, dass die anderen ihn bemerkt hatten, erhoben sich alle und der Asiat sprang ihm in den Weg, um sich vorzustellen. Man ging allgemein davon aus, dass es sich bei dem Neuankömmling um eine Art Begrüßungskomitee handelte.

„Schön, dass sich doch noch jemand herbemüht. Mein Name ist Dr. Dr. Akjo Takahagomito, ich…", weiter kam er nicht, denn da war der Fremde auch schon an ihm vorbei, ohne auch nur Notiz von ihm genommen zu haben. Am Schiff angekommen, begann er sofort beim Verladen zu helfen, als wäre dies völlig selbstverständlich. So wie er alle um sich herum ignorierte, verfuhr auch die Mannschaft mit ihm. Man ließ ihn gewähren, sprach ihn jedoch nicht an und ging ihm so weiträumig wie möglich aus dem Weg, wenn er mit einer neuen Kiste an Bord kam. Selbst als er kurz vor der Ladeluke plötzlich keuchend zusammensackte reagierte niemand. Lediglich Ethan kam heran und kniete sich zu ihm.

„Ist alles okay? Sind sie verletzt?", fragte er vorsichtig und legte eine Hand auf die Schulter des Mannes. Sofort zog er diese jedoch erschrocken zurück und starrte auf seine Finger. Hatte ihn da etwas gestochen? Es hatte sich angefühlt, als hätte er direkt in ein Nadelkissen gefasst, jedoch waren an seiner Hand keine Einstiche zu sehen.

„Sie frisst Menschen!", kam es plötzlich zischend von dem Fremden.

Seine Stimme war so verzerrte, dass Ethan glaubte, sich verhört zu haben. Der Mann packte ihn schmerzhaft fest an den Schultern und begann ihn zu schütteln.

„Die Insel! Sie verschlingt alles und was sie dann wieder hervorwürgt…"

Ein gellender Alarmton zerriss die Luft. Sofort ließ der Fremde von Ethan ab und stürzte sich kopfüber in die Ladeluke. Ethan wollte ihm nachgehen, wurde aber von einer kräftigen Hand auf seiner Schulter zurückgehalten. Es war der Kapitän, der ihn ernst musterte.

„Na Junge, willst du gleich wieder mit zurück?“, fragte er in überraschend freundlichem Tonfall.

Ethan war immer noch so perplex von der ganzen Situation, dass er nur langsam den Kopf schüttelte.

„Dann verzieh dich oder ich werfe dich über die Reling!“, brüllte der Seemann.

Erst jetzt begriff Ethan, dass das Schiff bereits wieder ablegte. Schnell beeilte er sich, noch an Land zu kommen, während der Kapitän seine Männer bereits wieder mit wütenden Beschimpfungen antrieb. Ethan sah ihnen nach, bis die Worte langsam vom Rauschen der See verschluckt wurden.

„Hey. Wir dachten schon, du willst gleich wieder zurückfahren. Alles gut bei dir?“, riss ihn eine gut gelaunte Stimme aus den Gedanken.

Ein junger Mann mit südländischen Zügen und breitem Grinsen im Gesicht stand hinter ihm und hielt ihm eine Hand entgegen. „Tillius Hamad Diba, kurz: Till, Ernährungswissenschaften“, stellte er sich knapp vor.

„Ähm, Ethan Lane, Botanik, Spezialgebiet Carnivoren“, gab er um ein Lächeln bemüht zurück.

Till musterte ihn irritiert.

„Carnivoren? Das sind doch Tiere, oder? Löwen und so.“

Ethan lachte amüsiert und dachte wieder mal daran, wie reich er schon wäre, wenn er jedes Mal einen Penny bekäme, wenn jemand ihn das fragte.

„Nein, ich meine: fleischfressende Pflanzen.“

Zusammen gingen sie zu dem Reisegepäck und plauderten darüber, wo sie herkamen, über ihre Fachgebiete und was sie hierhergeführt hatte, während ihnen die Sonne über der Südseeinsel auf die Köpfe schien und die Schrecken vom Schiff völlig verfliegen ließ.

Je mehr Zeit verstrich, desto unerträglicher wurde für die Truppe die schattenlose Mittagshitze und langsam stellte sich deutlicher Unmut darüber ein, dass man sie hier so lange warten ließ.

„Ich schlage vor, dass wir einfach los gehen. Meine jahrelang gepflegte Kellerbräune möchte ich nur ungern verlieren", erklärte Till schließlich, stand auf und schulterte seinen Rucksack. Ethan zog eine Augenbraue hoch, da Till, abgesehen von Takahagomito, der Dunkelhäutigste von ihnen war. Die Anderen dachten kurz darüber nach, nickten dann aber zustimmend und machten sich ebenfalls daran, ihr Gepäck zusammenzusammeln. In den Reiseunterlagen hatte ausdrücklich gestanden, dass trotz des langen Aufenthaltes hier nur das Nötigste an Persönlichem mitgebracht werden sollte. Alles, was zum Leben gebraucht wurde, sowie Forschungsmaterial sei hier ausreichend vorhanden. Die wenigsten schienen sich jedoch daran gehalten zu haben. Oder es gab einfach sehr unterschiedliche Vorstellungen, was „das Nötigste" eigentlich war. Ethans Blick wanderte zu den ausgeladenen Kisten. Es gab vier große, die von mehreren Männern an ihren derzeitigen Platz getragen worden waren, allerdings auch sieben sehr kleine würfelförmige Kisten mit einer Kantenlänge von ca. 40 cm und zahlreichen Aufklebern, die auf sensiblen Inhalt hinwiesen.

„Wartet mal kurz. Wir sollten vielleicht die kleinen Kisten hier mitnehmen. Ich glaube nicht, dass es gut ist, wenn die zu lange in der Sonne stehen. Wenn jeder eine nimmt, bekommen wir alle weg", schlug Ethan vor und nahm sich probehalber auch gleich mal eine.

Sie war nicht sonderlich schwer und da er nur einen großen Rucksack und eine Reisetasche hatte, ließ sich das auch gut bewältigen.

„Ich habe zwei Doktortitel! Ich werde hier ganz sicher nicht den Packesel spielen! Dass man mich hier so lange warten lässt, ist schon Frechheit genug!", schimpfte Takahagomito, versuchte seine drei Koffer und zwei Taschen zusammen zu raffen und stapfte den Weg entlang, der vom Hafen wegführte.

Die Meinungen der anderen waren geteilt. Besonders die mit zu viel Gepäck wollten sich nicht noch zusätzlich eine Kiste aufladen. Nur Till und noch ein weiterer kamen zu Ethan, um sich die Fracht genauer anzusehen. Alle Kisten waren gleich, was Größe und Gewicht anging.

„Damit ist die Illusion von der Vier-Sterne-Luxusforschungsstation wohl dahin", stellte Till missmutig fest.

„Nach dieser Überfahrt hast du wirklich noch an so etwas geglaubt?", witzelte Ethan.

Er hatte versucht zwei der Kisten zu tragen, war jedoch kläglich daran gescheitert. Mehr als eine war beim besten Willen nicht drin, für keinen von ihnen. Sie folgten den Anderen dem ausgetretenen Pfad entlang durch dichtes Dschungelgestrüpp. Knapp einen halben Kilometer legten sie zurück, bis sich die Vegetation plötzlich öffnete und den Blick auf einen riesigen modernen Gebäudekomplex freigab. Die vier Anderen standen bereits vor dem großen Eingangstor, klingelten, klopften oder riefen, jedoch ohne Erfolg. Ethan war völlig am Ende seiner Kräfte. Sportliche Betätigung war noch nie seine Stärke gewesen und dieser Marsch in feuchter Hitze hatte ihm den Rest gegeben. Keuchend ließ er sich auf seiner Kiste nieder und sah zu Till, dem es auch nicht besser ging.

„Vielleicht ist grade keiner zu Hause?", kratzte dieser den letzten Rest Humor zusammen, den er noch aufbringen konnte.

Als hätten die Tore nur auf diesen Satz gewartet, begannen sie sich hydraulisch zischend auseinanderzuschieben. In dem langen, mit LED-Licht erhellten Gang dahinter standen jedoch zwei schwer bewaffnete Männer in Uniformen und Helmen mit blickdichten Visieren, die den Weg weiterhin versperrten. Aus einem Lautsprecher an der Decke ertönte, unangenehm von Störgeräuschen verzerrt, eine Stimme:

„Diejenigen, die eine Kiste haben, folgen dem Gang bis zur großen Halle auf der linken Seite. Die Anderen holen sich wohl besser schnell eine, damit wir anfangen können."

Till begann herzhaft zu lachen und klopfte Ethan auf die Schulter.

„Du bist ein verdammtes Genie!"

02 - Regeln

Die besagte Halle war aufgebaut wie ein Hörsaal: tribünenartige Sitzreihen vor einem Stehpult und einer großen Tafel. Ethan fühlte sich in seine blutigen Anfangszeiten an der Uni zurückversetzt. Hier war nichts modern, aber es weckte Erinnerungen. Die drei gingen hinunter bis zur vordersten Sitzreihe. Es gab genug Platz neben jedem Sitz für das Gepäck, sowie jeweils einen flachen Tisch, auf dem die Kiste abgestellt werden konnte. Till begann in seinem Rucksack zu kramen und reichte den beiden anderen kleine Trinkflaschen mit einer sämigen bräunlichen Flüssigkeit.

„Sieht zwar nicht so geil aus, wird euch aber wieder genug Energie für den Rest des Tages geben", erklärte er und nahm auch gleich einen großen Schluck.

Der Dritte in ihrem Bund nahm nur einen vorsichtigen Schluck, bevor er die Flasche zurückgab. Er war Ende dreißig, mit dicker Brille und einer derart wüsten und strohartigen Frisur, dass es aussah, als hätten Vögel versucht, ein Nest auf seinem Kopf zu bauen.

„Nichts für ungut, aber das ist nicht so meins… Wilson Decker", stellte er sich vor und schüttelte Till die Hand. Ethan hingegen hatte die Flasche gar nicht mehr abgesetzt und trank sie in einem Zug leer.

„Gott ist das gut! Das schmeckt wie eine Mischung aus Sahnebonbon und Obstsalat! Das hat doch sicher ordentlich Kalorien oder? Wie viel kann man davon trinken?", fragte er, während er schon nach der angefangenen Flasche von Wilson griff.

„Naja… kommt ganz auf deinen Stoffwechseltyp an", antwortete Till und sah völlig fasziniert dabei zu, wie Ethan auch die zweite Flasche zu leeren begann.

Das Geräusch einer Tür zog die Aufmerksamkeit der Drei auf sich. Durch den Seiteneingang der Halle war ein junger Mann im Anzug getreten. Die kurzen dunklen Haare waren nach hinten gekämmt und die schmale randlose Brille rundeten seine ernsten Gesichtszüge perfekt ab. Er musterte die Anwesenden und schüttelt dann leicht den Kopf, während er zu dem Pult schritt. Sofort fühlte sich Ethan daran erinnert, wie er zu Schulzeiten wegen Unfug zum Direktor geschickt worden war und unter dem ernsten Blick der Sekretärin im Vorzimmer hatte warten müssen.

„Nun denn… drei… das ist ein wirklicher Tiefpunkt. Bitte schreiben sie ihre Namen untereinander an die Tafel. Die anderen sollen sich bei ihrer Ankunft ebenfalls darunter auflisten", erklärte er, während er mit Kreide eine große Drei an der altmodischen Schiefertafel notierte.

„Der Professor wird sich wie immer verspäten. Ich weiß nicht, wie lange es dauert, bis er sich hier einfindet. Er hat seine eigenen Zeitpläne. Je früher sie sich daran gewöhnen, desto besser", erklärte der junge Mann, legte die Kreide vorn auf das Pult und verließ den Saal wieder.

„Das war schräg…", stellte Till fest, als sie wieder allein waren.

Nach und nach trudelten auch die anderen mit ihren Kisten ein, schrieben ihre Namen an die Tafel und suchten sich einen Platz im Saal.

Gut eine Stunde verging, bis erneut die Seitentür geöffnet wurde und ein hagerer hochgewachsener Mann in weißem Kittel in den Raum marschierte. Er wirkte getrieben und seine angespannten Gesichtszüge verrieten, dass er auf diese Veranstaltung hier nicht den geringsten Wert legte. Das grau melierte Haar und der ungepflegte Dreitage-Bart unterstrichen noch das Bild des eigenbrötlerischen Wissenschaftlers, der lieber in seinem Labor saß, als hinter einem Rednerpult zu stehen. Er musterte die Zahl und Namen an der Tafel, woraufhin sich seine Miene noch weiter verfinsterte.

„Drei?", donnerte seine Stimme mit der Kraft einer Gewitterfront. Ethan war überrascht und fasziniert zu gleich, wie viel Energie in dieser schmalen Gestalt steckte.

„In all den Jahren, in denen ich diese Einrichtung führe, habe ich noch nie solch ein Maß an Ignoranz und Egoismus erlebt!", brüllte er weiter, was dazu führte, dass der asiatische Kastenteufel erneut in die Luft ging und zum Gegenfeuer ansetzte.

„Wie können sie es wagen, mir Ignoranz zu unterstellen?! Ich habe eine Einladung für diese Einrichtung bekommen! Ich habe zwei Doktortitel! Diese Spielchen mit den lächerlichen Kisten können sie gern mit den ganzen Studenten und Laboranten hier abziehen, aber ich erwarte, dass man mir den Respekt entgegenbringt, den ich verdiene!"

Das Gesicht des Professors verzerrte sich in einem wilden Mienenspiel über Erstaunen bis hin zu einem breiten Grinsen.

„Verzeihen sie Herr Dr. Dr…", er warf einen kurzen Blick an die Tafel und überflog die Namen. „Takahagomito. Ich bin den Umgang mit Menschen nicht mehr so gewöhnt und habe vermutlich ein wenig falsch angefangen. Erlauben sie, dass ich mich vorstelle", begann er, wobei unüberhörbare Verachtung in seiner Stimme mitschwang.

„Mein Name ist Professor Zade."

Er wandte sich zur Tafel und nahm das Stück Kreide. Mit dem Kittelärmel wischte er sich einen großflächigen

Bereich in der Mitte frei und begann zu schreiben, während er weitersprach. „Oder um das Titel-Ballett komplett zu machen…"

Prof. Dr. med. vet. Dr. rer. nat. mult. Prof. h.c. mult. Sir Lutz Zade stand nun in großen kantigen Buchstaben auf dem schwarzen Schiefer wie ein Mahnmal. Schweigend rieb sich der Professor die Kreidefinger am Kittel ab, um dem Geschriebenen Zeit zum Wirken zu geben, bevor er erneut mit donnernder Stimme ansetzte.

„Um gleich von Vornherein alle Missverständnisse aus dem Weg zu räumen, sie alle sind hier, um in der fortschrittlichsten Forschungseinrichtung der Welt arbeiten zu dürfen. In MEINER Einrichtung! Das heißt, sie alle werden dies zu MEINEN Bedingungen tun oder sie können ihre lächerlichen Titel nehmen und mit dem nächsten Versorgungsschiff wieder nach Hause fahren. Haben sie das jetzt verstanden?"

Wortlos ließ Takahagomito sich auf seinen Stuhl zurückfallen.

„Gut, dann können wir jetzt vielleicht endlich mal anfangen", setzte der Professor nun deutlich ruhiger an.

„Die Drei, die als erstes mit ihren Kisten hier waren stehen bitte auf!"

Ethan, Till und Wilson erhoben sich, aber auch weiter hinten im Saal stand noch ein junger Mann grinsend von seinem Platz auf.

Die Gesichtsfärbung des Professors nahm einen ungesunden Rotton an.

„Nennen sie ihre Namen!", knurrte er.

Erst jetzt fiel Ethan auf, dass ein Name über ihre drei geschrieben worden war.

„James van Haudt", antwortete ein Mann aus der hinteren Reihe.

Sein eigener Name stand nun an vierter Stelle, was dazu führte, dass Zade ihn mit eisigem Blick fixierte, nachdem er sich ebenfalls vorgestellt hatte.

„Warum stehen sie, Mr. Lane?"

„Ähm…, weil ich einer der ersten drei war, Sir", erklärte er und verzichtete bewusst darauf hinzuweisen, dass ohne ihn niemand mit einer Kiste am Tor erschienen wäre.

Till nickte knapp zur Bestätigung, während Wilson, wie die meisten anderen im Saal, völlig erstarrt war. Langsam ließ der Professor seinen Blick durch die Reihen schweifen bis er an van Haudt hängen blieb.

„Meine reizende Assistentin hat ihnen aufgetragen, ihren Namen an die Tafel zu schreiben. Richtig?"

Van Haudt zuckte mit den Schultern und nickte.

„Hat sie ihnen gefallen? Die roten Locken? Der pralle Busen? Sie stehen ganz oben auf der Liste, was halten sie davon, wenn ich sie einander vorstelle?"

„Ja, sie haben einen wirklich guten Geschmack Sir. Es wäre mir eine Ehre", gab van Haudt zurück.

Noch bevor der Professor etwas darauf erwidern konnte, wurde erneut die Seitentür geöffnet und der junge Mann im Anzug schob einen Rollwagen mit Akten in den Saal. Alle hielten den Atem an und starrten mit großen Augen zwischen Zade und ihm hin und her.

„Soll ich später noch mal wieder kommen, Sir?", fragte er knapp.

„Nein Alexander. Dein Timing ist wie immer perfekt", gab der Professor zurück und wandte sich zum Gehen.

„Wenn du die Akten verteilt hast, geh Lorenzo holen. Ich habe keine Nerven für diesen Kindergarten hier. Das war das letzte Mal! Ich habe wirklich besseres zu tun!", fluchte er und verließ mit wehendem Kittel den Hörsaal.

Alexander ließ ungerührt den Blick über die Szene schweifen, bevor er sich wieder dem Rollwagen mit den Akten widmete und selbige unter den Anwesenden verteilte.

„In diesen Ordnern finden sie alles, was sie für den Start hier benötigen. Das Innere ist in zwei Bereiche unterteilt. Den ersten Teil, alle Blätter mit roten Kanten, lesen sie bitte sorgfältig durch und geben ihn spätestens morgen früh in der Mensa wieder bei mir ab. Im zweiten Teil finden sich erklärende Anhänge zu Teil eins. Bitte beginnen sie jetzt mit dem Studium der Unterlagen. Professor Satorie wird ihnen dann alles Weitere erklären."

Mit diesen Worten wandte er sich zur Tür. Die ersten hatten bereits ihre Ordner aufgeschlagen und ein allgemeines Stöhnen und Raunen ging durch den Saal.

„Warten sie mal! Das sind alles nur Verzichtserklärungen! Das soll alles sein, was wir hier brauchen?", meldete sich jemand zu Wort.

Alexander stoppte und musterte den Sprecher bevor er antwortete.

„Alles, was eine Papierform benötigt. In ihren Quartieren liegt jeweils ein Tablet, auf dem sie einen persönlichen Zugang zum Intranet einrichten können. Dort finden sie alles an Lageplänen, Grundinformationen zu dieser Insel und den Gebäuden, Programmhilfen, Notfallpläne, sowie eine umfangreiche wissenschaftliche Datenbank. Dieser Raum hier mag einen falschen Eindruck vermitteln, aber wir sind eine hoch moderne Einrichtung. Das hier…", er deutete auf die alten Holzmöbel und die Schiefertafel, „spiegelt lediglich ein wenig Nostalgie des Professors wider. Es soll repräsentieren, wie alles einmal begonnen hat als wissbegieriger Schüler in einem Lehrsaal."

Alexander hob die Hand als Zeichen, dass er keine weiteren Fragen beantworten würde.

„Lesen sie die Unterlagen. Professor Satorie wird bald hier sein", erklärte er noch einmal mit Nachdruck und verließ dann den Saal.

Nun schlug auch Ethan seinen Ordner auf. Im Deckel stand in eingeprägten Lettern: „Um wirklich frei zu sein, müssen auch vermeintlich schützende Fesseln gesprengt werden."

Daneben war ein Kugelschreiber angeheftet, den Ethan nun herauslöste, bevor er weiterblätterte. Mit jeder Seite, die er aufschlug, ergab der Spruch mehr Sinn, jedoch keinen der ihn in irgendeiner Weise beruhigte.

"Also ich bin kein Anwalt, aber das klingt echt nicht gesund... im Fall des Todes spenden wir unsere Körper der Wissenschaft... keine Haftung im Fall von Verletzungen jeglicher Art.... keine Haftung im Fall von Laborunfällen...", Ethan blätterte weiter und überflog nur knapp die Kopfzeilen.

"Bei bleibenden Schäden durch eigene und andere Experimente... keine Haftung... keine Ansprüche im Fall von... Rechtsvollmacht für alle Belange... oh man... das geht den ganzen Ordner so...", flüsterte er zu Till, der bereits mit dem Unterschreiben begonnen hatte.

"Sicher..., das haben wir doch vorher gewusst", gab dieser locker zurück. Ethan seufzte nickend.

Auf Professor Satorie mussten sie nicht so lange warten. Gefolgt von Alexander betrat der ältere Herr in Priesterrobe den Hörsaal und musterte die Anwesenden mit einem freundlichen Lächeln. Ethan war irritiert von diesem Anblick. Der Mann sah aus, als würde er direkt von einer Predigt in der Kirche kommen und nicht wie ein Wissenschaftler eines Forschungslabors.

„Mein Name ist Prof. Lorenzo Satorie. Ich habe einen Doktortitel in Psychologie und einen in Geisteswissenschaften. Wie auch Prof. Zade bin ich einer der Gründer dieser Einrichtung. Bei natur- oder IT-wissenschaftlichen Fragen kann ich ihnen leider nicht behilflich sein, aber betrachten sie mich gern als Seelsorger. Sie alle hier werden recht bald ihre wissenschaftlichen Komfortzonen verlassen müssen und wenn sie sich dadurch gestresst oder überfordert fühlen, haben sie keine Scheu mich anzusprechen. Sie werden nun sicher einige Fragen haben. Soweit es mir möglich ist, werde ich sie beantworten.“

In seiner Stimme schwang viel Wärme und Freundlichkeit mit, die sie die Schrecken der Verzichtserklärungen beinahe vergessen ließen.

„Was passiert, wenn wir das hier nicht alles unterschreiben?“, meldete sich van Haudt zu Wort.

„Niemand wird sie dazu zwingen. Sie sind freiwillig hier und wenn sie die Arbeitsbedingungen ablehnen, steht es ihnen natürlich auch frei, die Insel mit dem nächsten Versorgungsschiff wieder zu verlassen.“

„Hier steht, dass wir erst nach einem Monat die uns zugewiesenen Projekte tauschen oder mit anderen zusammenarbeiten dürfen. Wie ist das zu verstehen? Arbeiten wir nicht an den Projekten, die wir in den Bewerbungsunterlagen angeben mussten?“, fragte ein anderer.

Das Lächeln auf Satories Lippen wurde breiter.

„Sie haben sich doch sicher bereits gefragt, was es mit den Kisten auf sich hat, die sie unbedingt vom Hafen hierherbringen sollten. Wie bereits erwähnt wünscht Prof. Zade, dass sie ihre Wohlfühlbereiche verlassen und zeigen, was wirklich in ihren überaus klugen Köpfen steckt. In den Kisten befindet sich das Grundmaterial, mit dem sie hier forschen werden.

Was sie damit machen, ist vollkommen ihnen überlassen, solange es etwas Neues ist. Sie können es nach Belieben kombinieren, weiterentwickeln, umwandeln, was immer ihnen dazu einfällt. Heilmittel oder Kriegsmaschine. In der wissenschaftlichen Arbeit sind ihnen hier keine Grenzen gesetzt."

„Viel mehr Leid als Freud… so viel ist sicher…", schoss es Ethan sofort durch den Kopf, jedoch versuchte er den Gedanken beiseite zu schieben. Wie alle anderen starrte auch er nun auf die Kiste, die so leichtfertig gewählt, nun so viel Bedeutung hatte.

Der Professor holte ein Brecheisen aus dem Stehpult hervor und hielt es wie ein Zepter in die Luft.

„Nun denn. Mögen die Spiele beginnen", erklärte er feierlich und reichte es Wilson.

Ohne zu zögern setzte dieser an und stemmte den Deckel auf.

„Steine? Was… hier sind nur ein paar verdammte Steine drin. Ich bin Meeresbiologe! Was soll ich mit diesem Geröll?", jaulte er fassungslos und hob einen faustgroßen geschliffenen Edelstein aus seiner Kiste, der das Licht im Saal in unzähligen Fassetten reflektierte.

„Das sind Kristalle Mr. Decker. Wunderschön. Finden sie nicht?", fragte Satorie lächelnd.

Wortlos gab Wilson das Eisen an Ethan weiter. Dieser war nun deutlich verunsichert und erst, als Till ihm aufmunternd auf die Schulter klopfte setzte er es an seiner Kiste an. Im Inneren befanden sich mehrere Fläschchen und Gläser mit meist trübem Wasser, grünlichem Schleim oder gelartigen Klumpen. Dazu noch einige getrocknete Proben.

„Was ist das?", fragte Till neugierig.

„Es ist grün, das ist schon mal gut oder?", fügte er noch aufmunternd an.

„Nicht wirklich. Das sind, wenn mich nicht alles täuscht, Cyanobakterien. Auch Blaualgen genannt. Sie haben allerdings nichts mit Algen zu tun. Das Einzige was mir dazu einfällt ist, dass ich so einen Scheiß nicht im Aquarium haben will!", stellte er missmutig fest, während er das Glas mit dem blaugrünen Schleim genauer besah.

Er reichte Till das Brecheisen. Dieser war deutlich enthusiastischer beim Öffnen seiner Kiste, jedenfalls bis er den Inhalt sah, der aus vier lebend verpackten Axolotln bestand.

„Na Herr Ernährungswissenschaftler, was passt dazu am besten? Rot- oder Weißwein?", witzelte Ethan während Till sich wieder auf seinen Stuhl zurückfallen ließ.

„Hm… ich weiß nicht mal, wie man die ernährt, geschweige denn, die mich…"

Aber trotz des Frustes erkannte Ethan auch bereits die ersten Spuren von Neugier im Blick seines Kollegen.

„Waren das nicht die Viecher, die Körperteile nachwachsen lassen können?", überlegte Till laut.

„Das können sie und noch vieles mehr!", erklärte Satorie, der nun breit grinsend neben ihnen stand.

„Immer wieder spannend diese Lotterie! Am Boden ihrer Kisten finden sie Lagepläne zu ihren Laboren, sowie zu ihren Zimmern. Sie alle hatten eine anstrengende Reise und haben nun viel, worüber sie nachdenken können. Ich werde mich nun zurückziehen, um ihnen den Raum dafür zu lassen. Ab sieben Uhr gibt es Frühstück in der Mensa. Alexander und ich werden dann dort sein, falls es weiter Fragen gibt."

Er wandte sich bereits zum Gehen, stockte dann aber und warf die Hände in die Luft.

„Herrje, das Wichtigste hätte ich fast vergessen!

Die drei Kandidaten, die ihre Kiste ohne Aufforderung hierhergebracht haben, werden eine gesonderte Starthilfe erhalten. Professor Zade wird sich in den nächsten Tagen bei ihnen einfinden, um zu besprechen, wie er sie unterstützen kann. Für alle gilt im Übrigen: sollten sie mehr Material benötigen, als sich in ihren Laboren findet, wenden sie sich bitte an Alexander. Er ist sozusagen das Verwaltungszentrum dieser Einrichtung."

„Unter anderem", gab dieser mit einem Nicken zurück. Niemand erwiderte etwas darauf, da alle im Moment mehr mit ihren Kisten beschäftigt waren.

„Dreck!", brüllte Takahagomito.

„In dieser Kiste befindet sich ausschließlich Dreck! Was für eine Farce!"

Wortlos verließen Satorie und Alexander den Saal.

„Damit haben sie immer noch mehr als ich, Herr Kollege. Meine Kiste ist vollkommen leer", erklärte ein anderer resigniert.

„Na gut, dann sollten wir uns wohl am besten erstmal die Zimmer ansehen. Ich bin in 208, falls du später noch Langeweile hast. Ich kann heute bestimmt nicht mehr schlafen."

Mit diesen Worten verabschiedete Ethan sich von Till und verließ den Hörsaal auf der Suche nach seinem Quartier.

Die Unterkunft war geräumig und mit allem ausgestattet, was man grundlegend brauchte. Es gab sogar eine Küchenecke, einen Schreibtisch mit dem angekündigten Tablet und einem Laptop, sowie ein angrenzendes Badezimmer. Vom kleinen Balkon hatte Ethan einen schönen Blick über den Dschungel, durch den sie, vom Hafen aus, gelaufen waren. Nachdem er seine Sachen ausgepackt hatte, ging er duschen und setzte sich an den Laptop, um sich im Intranet anzumelden. Über diesen Zugang würden sie ihre Arbeit dokumentieren und sich später auch leicht miteinander austauschen können. Außerdem hatten sie damit Zugriff auf eine riesige Datenbank an misslungenen Projekten und einer sehr umfangreichen wissenschaftlichen Bibliothek.

Als er mit allem fertig war, schnappte er sich wahllos eins der Gläser aus seiner Kiste und ließ sich damit rücklings auf sein Bett fallen. Das war es also, das Thema seiner ersten großen wissenschaftlichen Arbeit. Vielleicht sogar einer Doktorarbeit?

„Grüner Popelschleim… was soll man damit schon anfangen…", schnaufte er und raffte sich wieder auf, um sich im Intranet erstmal ein wenig über Cyanobakterien zu belesen.

03 - Starthilfe

Ethan sah Till erst am nächsten Morgen in der Mensa wieder. Dieser begrüßte ihn lächelnd, aber die Augenringe verrieten, dass er in der letzten Nacht wohl ebenfalls kaum Schlaf gefunden hatte.

„Sorry, ich hatte gestern keine Zeit mehr für Besuche. Zwar war für die Viecher im Labor schon alles vorbereitet, aber ich musste mich ja erst noch in die Materie einlesen. Außerdem kam später noch der Professor vorbei", erklärte er, während er sich einen großen Pott Kaffee einschenkte.

„Oh echt? Er war schon bei dir? Im Labor?", fragte Ethan überrascht und etwas erschrocken zugleich, da er sein eigenes Labor bisher noch nicht mal betreten hatte.

Till nickte und ließ seinen Blick über das Frühstücksbuffet schweifen, das in keinster Weise seine Zustimmung zu finden schien.

„Ja, er hat mir geholfen, die Parameter für die Wasserwerte und so weiter, richtig einzustellen und wir haben lange über verschiedene mögliche Forschungsansätze gesprochen. Der Mann ist wirklich überaus beeindruckend. Erinnerst du dich an den medizinischen Durchbruch mit Bioprothetik vor 15 Jahren? Dass das von hier kam, wusste ich ja, aber der Professor hat mir erzählt, dass dabei auch die Axolotl eine wichtige Forschungsgrundlage waren."

Ethan hatte sich für ein Müsli und ebenfalls viel Kaffee entschieden und zusammen steuerten sie einen der Tische an.

„Weißt du denn JETZT schon, wonach du forschen willst?", Ethans Frage klang mürrischer als er es beabsichtig hatte, woraufhin Till ihn einmal von oben bis unten musterte.

„Auch nicht viel geschlafen, was? Läuft es nicht gut mit deinen Algen?"

„Bakterien...", knurrte Ethan, begann sein Müsli zu löffeln und sprach dann mit halbvollem Mund weiter.

„Ich habe auch die halbe Nacht gelesen... Cyanos sind doch beeindruckender, als ich erst dachte, trotzdem habe ich noch nicht die geringste Idee..."

„Okay? Was können sie denn?", hakte Till nach, während er sein Brot mit ein paar Scheiben gräulicher Wurst belegte.

„Cyanobakterien gehören zu den ältesten Lebewesen der Erde. Obwohl sie keine Pflanzen sind, können sie Photosynthese betreiben und haben damit entscheidend zur Entstehung des Lebens beigetragen. Die meisten kommen in Gewässern oder feuchter Umgebung vor, aber auch im Gestein in der Wüste. In hoher Konzentration wirken sie toxisch...überaus tödlich für Menschen und Tiere. Es gibt Formen, die in Symbiose mit Pflanzen oder Pilzen leben. Ihr Zellaufbau ist wirklich komplex. Sie können sogar die Richtung von Lichteinfall wahrnehmen. Ich finde sie ziemlich beeindruckend, hab aber noch keine Idee, was ich damit machen will. Auf keinen Fall eine Waffe... auch wenn sich das mit den ganzen Toxinen am einfachsten anbieten würde."

Till hatte nur einmal von seinem Brot abgebissen, bevor er es angewidert von sich wegschob.

„Ich wusste gar nicht, dass auch etwas anderes als Pflanzen Photosynthese betreiben können. Wirklich ziemlich cool. Aber wenn du noch gar keine andere Idee hast, solltest du vielleicht jedem Ansatz eine Chance geben. Aus vielen großen Erfindungen sind am Ende Waffen geworden. Eventuell klappt es bei dir ja dann andersrum?", überlegte er, woraufhin Ethans Miene sich sofort verfinsterte.

„Vergiss es! Auf keinen Fall! Ich pack das schon! Irgendetwas wird mir schon noch einfallen!", schimpfte er so laut, dass einige der anderen sich zu ihnen umdrehten.

Alle, die sich hier zum Frühstück eingefunden hatten, waren völlig übermüdet. Jeder hatte sich wohl die Nacht um die Ohren geschlagen, um mit dem Kisteninhalt vertrauter zu werden. Lediglich Professor Satorie, der mit Alexander zusammen an einem der Tische saß, wirkte ausgeschlafen und gut gelaunt. Grinsend behielt er den Saal im Blick und begrüßte jeden freundlich, der seinen Ordner am Tisch abgab. Alexander hingegen war bereits konzentriert mit dem Studium der Unterlagen beschäftigt und schien alles andere um sich herum zu ignorieren. Till hob beschwichtigend die Hände und Ethan beruhigte sich wieder.

Nach dem Frühstück verabschiedeten sie sich voneinander und Ethan machte sich mit seinen Cyanokulturen auf den Weg ins Labor. Es gab dort schon eine gute Grundausstattung an Aquarien und Brutschränken, um die Bakterienstämme, die er schon hatte, weiter zu vermehren und verschiedene Lebensräume nachzustellen. Vollkommen vertieft in seine Arbeit bemerkte Ethan nicht, wie Professor Zade sein Labor betrat und sich interessiert umsah.

„Bitte seien sie der erste, der nicht in Schweiß ausbricht, wenn ich auftauche."

Der Angesprochene erschrak so heftig, dass er einen spitzen Schrei von sich gab und einen Glaskolben vom Tisch fegte, der klirrend in tausend Teile zerbarst.

„Das ist auch mal was Neues...", stellte Zade mit hochgezogener Augenbraue fest, während Ethan hektisch versuchte, alles wieder in Ordnung zu bringen.

Nachdem er die Scherben zusammengefegt und wegge-
worfen hatte, war er ruhig genug, um den Professor
angemessen zu begrüßen.
„Tut mir wirklich leid… ich ähm… können wir noch mal
von vorn anfangen?", fragte er und versuchte dabei
nicht zu schwitzen.
Der Professor nickte, wirkte aber schon jetzt alles andere
als begeistert. Ethan stellte sich noch einmal vor und
erklärte dann, wie er vorhatte, die Cyanobakterien erst
einmal zu kultivieren und verschiedene Lebens-
raumvarianten nachzustellen.
„Gut… und wozu soll das dienen? Haben sie schon eine
Idee für eine Forschungsrichtung?"
„Nein…nicht wirklich. Ich fand den Ansatz recht interessant, dass Cyanos in der Lage sind Wasser aus
Gestein zu spalten. Vielleicht kann man damit etwas
gegen Wasserknappheit in Wüstenregionen anfangen?",
versuchte es Ethan, wobei ihm im Hinterkopf immer
noch der Toxin-Gedanke herumgeisterte.
Zade wog langsam den Kopf hin und her.
„Ja… aber nicht neu. Noch was anderes?"
„Diese Mikroorganismen sind wirklich unfassbar vielseitig. Ich… weiß nicht, wo ich ansetzen soll. Ich würde
gern irgendwas Medizinisches oder sonst irgendwie
Humanitäres machen, aber ich habe keine Ahnung, wie
ich von einer hoch toxischen Bakterie zu einem
Heilmittel komme. Ich bin kein Pharmazeut. Das…",
Zade hob die Hand, um ihm Einhalt zu gebieten.
„Ich habe ihre Veröffentlichung zu Carnivoren als Heilpflanzen gelesen. Sehr innovative Ansätze. Das hat mir
gefallen. Ich hatte mehr von ihnen erwartet, als so ein
planloses Gestammel. Aber gut, wenigstens haben sie
den Test mit den Kisten bestanden und wie mir Mr. Diba
verriet, auch dazu beigetragen, dass sie nicht der einzige

waren. Ich denke, was ihnen fehlt ist ein freier Kopf, um ein paar neue Blickwinkel zu bekommen", erklärte er und sah sich suchend im Labor um.

Schließlich ging er zu dem Tisch, auf dem alle Proben aus der Kiste angeordnet waren und begann dort, ein wenig von den Lösungen und Schleimklumpen in einem Reagenzglas zusammen zu mischen. Mit zufriedenem Grinsen reichte er es Ethan.

„Trinken sie das."

„Ähm… Cyanos sind toxisch. Also tödlich… toxisch meine ich. Ich glaube nicht, dass das..."

„Wollen sie sagen, sie zweifeln meine fachliche Kompetenz an? Möchten sie gleich ihre Fahrkarte zurück aufs Festland?", fragte der Professor, wobei seine Miene wieder ernst wurde.

„Nein… aber…"

„Trinken sie das, oder ihr Arbeitsverhältnis hier ist sofort beendet!"

„Großer Gott, ich fürchte, das ist es auch, wenn ich das trinke…", keuchte Ethan, nahm aber trotzdem das Glas entgegen und kippte den trüben Inhalt mit einem Schluck hinunter.

Der faulig bittere Geschmack, sowie die schleimigen Klumpen lösten sofort einen Brechreiz bei ihm aus.

„Gut so… beschreiben sie, wie es ihnen geht!", forderte Zade kühl.

„Mir ist…", weiter kam er nicht, bevor er sich würgend die Hand vor den Mund pressen musste.

„Nicht spucken! Reißen sie sich zusammen!"

Der Professor packte Ethan am Kragen, damit dieser nicht zum Waschbecken flüchten konnte, um sich zu übergeben. Stattdessen hielt er ihm eine kirschgroße Nuss auf der flachen Hand unter die Nase.

„Gut kauen."

Ethan war so schlecht, dass er nicht mehr diskutieren konnte, also steckte er sie sich kurzerhand in den Mund und begann sie so schnell er konnte zu zerbeißen. Schon beim Schlucken spürte er wie sich eine angenehme Wärme in seinem Mundraum und Hals ausbreitete, als wenn man bei einem Winterspaziergang heiße Schokolade trank. Innerhalb von drei Sekunden war sämtliches Unbehagen verflogen und Ethan spürte das wärmende Gefühl bis in den Magen. Überrascht sah er zu Zade auf, der nun wieder breit grinsend vor ihm stand.

„Die Übelkeit ist völlig weg. Das…", weiter kam er nicht, da die Wärme sich immer stärker ausbreitete, bis sie seine Lenden erreichte.

Ethans Knie sackten weg und er musste sich am Tisch festhalten.

„Oh mein Gott…", stöhnte er und friemelte bereits an den Knöpfen seines Kittels.

Der Professor trat ein paar Schritte zurück und beobachtete, wie Ethan schließlich zusammenbrach und sich auf allen vieren, zitternd vor Erregung, versuchte von seiner Kleidung zu befreien. Auf Ansprache von Zade reagierte er nicht mehr. Dieser zog schließlich ein kleines Diktiergerät aus der Tasche, stellte es auf einen Tisch und schaltete es ein, während er aus der anderen Tasche ein Etui mit verschiedenen Probenbehältern auspackte.

„Versuchsperson spricht gut auf den Wirkstoff an. Reaktionsdauer bei voller Dosis, weniger als zehn Sekunden. Blockade der äußeren Wahrnehmung nach weiteren fünf."

Ethan wand sich inzwischen nackt und keuchend auf dem Laborfußboden. Zade ging neben ihm auf die Knie und begann, verschiedene Abstriche, sowie eine Blut- und Speichelprobe zu nehmen. Am Ende drehte er den jungen Mann auf den Rücken, um noch an eine Spermaprobe zu kommen. Der Professor hielt ihn mit einer Hand an der Kehle fest auf den Boden gedrückt. Selbst nach dem Höhepunkt wurde Ethan nicht ruhiger, so dass Zade ihn schließlich mit der am Boden liegenden Kleidung fesselte und in eins der großen, noch leerstehenden Aquarien hievte. Eine Weile beobachtete er noch, wie Ethan sich darin gebärdete, bevor er anfing seine Proben zusammen zu räumen.

„Äußerst vielversprechend."

Bevor er das Labor verließ, stellte er noch ein kleines Schächtelchen auf dem Schreibtisch ab.

Es dauerte ein paar Stunden bis Ethan schließlich erschöpft einschlief und einen halben Tag, bis er wieder zu sich kam. Die Fesseln hatten sich zum Großteil bereits selbst gelöst. Er brauchte einen Moment, um zu begreifen, wo und in welcher Lage er war, ohne sich jedoch erinnern zu können, wie es dazu gekommen war. Das letzte, an das er sich erinnerte, war die große beige Nuss in der Hand des Professors. Nach einer ausgiebigen Dusche räumte er das Labor auf, wobei er auch auf das kleine Kästchen stieß. Es beinhaltete eine halbe Nuss und im Deckel stand „Starthilfe".

Till hatte unterdessen Probleme ganz anderer Natur. Er hatte sich dafür entschieden, drei seiner vier Axolotl als Versuchstiere und eins als Negativkontrolle zu verwenden. Dies stieg ihm aber schon nach wenigen Stunden gehörig über den Kopf, denn die Tiere reagierten einfach viel zu schnell auf jegliche Veränderung in den Parametern, so dass Till bereits jetzt die Datenmengen nicht bewältigen konnte. Dazu kam, dass ohne Sektion der Tiere kaum eine seiner Theorien wirklich zu belegen war. Schließlich schaltete er wütend den Computer ab und machte sich auf den Weg zum Verwaltungsbüro.

Mit ernster Miene saß Alexander hinter einer ganzen Anordnung von verschieden großen Monitoren und tippte in rasanter Geschwindigkeit auf der Tastatur, womit er auch nicht aufhörte, als Till eintrat.

„Was kann ich für sie tun, Mr. Diba?", fragte er, ohne seine Arbeit zu unterbrechen und verzichtete auch auf jegliche Begrüßungsfloskel.

Till fand dieses Verhalten äußerst respektlos, entschied sich aber dazu, dies vorerst nicht zu kommentieren.

„Ich möchte eine Bestellung aufgeben", erklärte er und blieb weiterhin in der Tür stehen.

Alexander machte nur eine kurze Handbewegung als Zeichen, dass er fortfahren sollte, bevor er weiter tippte.

„Ich brauche 62 weitere Axolotl, die dazu gehörigen Becken, 66 PH-Sonden und Sensoren, die jegliche Parameter der Wasserwerte im Aquarium erfassen und weiterleiten können. Ebenso die dazugehörigen Computer für die Auswertung. Außerdem jemanden für die Pathologie. Wenn dies alles erfolgt ist, benötige ich…", er kramte aus seiner Hosentasche einen Zettel hervor, „eine große Menge dieser Nährstoffe in Pulverform."

„Wir haben auf der Insel keine weiteren Axolotl. Entweder ich lasse ihre Tiere clonen, das würde ca. eine Woche dauern, oder sie müssen auf das nächste Versorgungsschiff in drei Monaten warten. Die Pathologie kann ich übernehmen, wenn sie die Termine vier Stunden im Voraus anmelden. Alles andere lasse ich in ihr Labor liefern. Die Liste bitte!", er streckte eine Hand in Tills Richtung, während er mit der anderen weiter tippte.

Es machte Till wahnsinnig, dass Alexander sich scheinbar durch nichts aus der Ruhe bringen ließ.

„Dann nehme ich natürlich die Clone", erwiderte er und trat näher, um die Liste auszuhändigen.

„Wenn die ersten Ergebnisse vorliegen, brauche ich Säugetiere und zum Schluss freiwillige Probanden", fügte er noch hinzu, wobei er die Gesichtszüge des jungen Mannes gegenüber genau im Blick behielt.

Alexander überflog nur kurz den Zettel, bevor er ihn in eine Ablage schob, an seiner ernsten Miene änderte sich jedoch nichts.

„In der Datenbank finden sie eine Übersicht der zur Verfügung stehenden Säugetiere. Um es kurz zu machen, wir haben Mäuse, Ratten, Frettchen, Schweine, Kühe und Schafe. Wenn sie etwas anderes benötigen, müssen sie es rechtzeitig beantragen und auf das Versorgungsschiff warten. Wenn sie mehr als vier Tiere benötigen, brauche ich zwei Wochen für das Clonen."

Er unterbrach das Tippen und sah Till nun das erste Mal an.

„Was die Probanden angeht, wir haben die Möglichkeit, menschliche Clone herzustellen, die jedoch keinen Verstand besitzen. Es reicht, um körperliche Reaktionen bis zu einem gewissen Grad zu ermitteln. Wenn sie echte Menschen benötigen, müssen sie sich wohl mit sich selbst oder ihren Kollegen begnügen. Allerdings rate ich ihnen, dies mit dem Professor abzustimmen, wenn die Möglichkeit von schweren Schäden oder Todesfolge besteht, denn er legt Wert auf Fortschritte bei einigen der Projekte."

Till musste unweigerlich laut lachen und ließ sich nun doch auf dem Stuhl vor Alexanders Schreibtisch nieder.

„Vergessen sie das mit den Axolotl. Ich nehme gleich die Human Clone.

Selbe Anzahl, Hälfte männlich, Hälfte weiblich", platzte es regelrecht aus ihm heraus.

„Nein", gab Alexander trocken zurück.

„Sie können zehn haben. Diese müssen ihnen für ein halbes Jahr genügen. Sie werden nicht der Einzige sein, der Clone benötigt, und sie brauchen eine gewisse Zeit zum Wachsen. Mal ganz von den Rohstoffen für ihre Herstellung abgesehen. Ich sende ihnen die Daten über die Clone in ihr Labor, sowie das Antragsformular. Denken sie dran, ihre Forschungsergebnisse jederzeit in die Datenbank einzupflegen, damit der Professor einen Überblick hat. Er wird sich bei ihnen melden, wenn sie einen echten Probanden benötigen."

Till verdrehte die Augen und schloss sie dann, wie er es immer tat, wenn er überrascht war. Durch seinen Verstand zog ein regelrechtes Blitzgewitter und seine Gedanken überschlugen sich. Schließlich bekam er eine Idee zu fassen und riss die Augen wieder auf.

„Ich brauche Pumpen und Schläuche... am besten... haben sie hier eine Werkstatt oder so? Oh, und ein größeres Labor. Nein, noch besser, ein zweites", stammelte er und gestikulierte dabei wild mit den Händen.

„Sicher. Reichen sie Skizzen und… oder Listen ein, was sie an Material benötigen. Da sie aber scheinbar selbst noch nicht wissen, was das ist, würde ich sie bitten, noch ein wenig darüber nachzudenken, bevor sie hier meine Zeit beanspruchen. Sie sind nicht der einzige, dessen Anfragen ich bearbeite", erklärte Alexander kühl.

Till erhob sich und ging zur Tür.

„Ich schicke ihnen alles in der nächsten Stunde und hoffe, dass ich morgen mit dem Umbau meines Labors beginnen kann. So arrogant das vielleicht klingen mag, es interessiert mich überhaupt nicht, was andere wollen oder brauchen."

Alexander nickte nur knapp und wandte sich wieder seinen Monitoren zu.

„Wer hätte gedacht, dass wir sogar etwas gemeinsam haben…"

Als Till die Bürotür hinter sich ins Schloss zog, lag ein breites Grinsen auf seinen Lippen. Er warf einen kurzen Blick auf seine Armbanduhr, bevor er sich zum Gehen wandte.

„Essenszeit!"

04 - Essenszeit

Es war bereits später Abend, als Till bei Ethan im Labor ankam, eine große Thermobox in den Armen.

„Ich hab gehört, dass du die letzten beiden Mahlzeiten in der Mensa ausgesetzt hast", begrüßte er seinen Kollegen und stellte die Box auf einen freien Tisch.

Ethan saß am Mikroskop, wo er eine Probe der Nuss untersucht hatte.

„Und da hast du dir gedacht, du packst das ganze Buffet einfach mal ein und bringst es her?", witzelte er.

„Mal ehrlich, der einzige Grund, warum ich meine Figur so gut halten kann ist, dass ich bei der Arbeit oft vergesse zu essen."

„Da bin ich mir sicher", gab Till zurück und öffnete den Deckel.

Der aromatische Duft feinster asiatischer Küche breitete sich sofort im gesamten Raum aus und Ethan hielt schnuppernd die Nase in die Luft, während er mit seinem Bürostuhl zum Tisch gerollt kam.

„Verdammt riecht das gut! Nach dem letzten Frühstück hätte ich nicht erwartet, dass die in der Mensa doch so gut kochen können! Darf ich?", fragte er, während er den Inhalt der Box musterte.

Till nickte, zog sich ebenfalls einen Stuhl heran.

„Du bist echt ein Heiliger, Till. Ich hab verdammt großen Hunger, wenn ich das hier so sehe."

Vorsichtig nahm er sich eine Schüssel Glasnudelsuppe und begann, gierig zu essen. Sein Kollege tat es ihm lächelnd gleich, auch wenn er es deutlich ruhiger angehen ließ.

„Wie läuft es mit deinen… ähm… Lurchen? Kannst du die inzwischen auch gut ernähren?", fragte Ethan, während er die Sushi-Platte aus der Box hob und dazu noch einen großen Becher Mango-Lassi.

„Ja, grundsätzlich schon. Das ist grade auch nicht mein Problem. Aber wenn ich bei den Essenzeiten in die ratlosen Gesichter der anderen schaue, läuft es bei mir wohl noch ganz gut. Und bei dir? Hast du inzwischen eine Idee für deine Bakterien?"

„Mhm… noch nicht konkret", begann Ethan mit vollem Mund.

„Aber der Professor hat mir eine Nuss gegeben. Ich habe ehrlich gesagt keine Ahnung, wie ich sie klassifizieren soll und bisher habe ich auch in der Datenbank nichts Passendes gefunden, aber ihre Eigenschaften sind wirklich phänomenal. Wenn ich es schaffe, das aufzuschlüsseln und einen Weg finde, wie ich die Cyanos damit animpfen kann… ich brauche nur mehr Analysen und mehr Material. Aber das wird schon!", erklärte er, während er weiter aß.

Dem Sushi folgten gebackenes Gemüse, panierte Meeresfrüchte und Reis mit verschiedensten Soßen. Till ließ Ethan selbst wählen, was er essen wollte, räumte leeres Geschirr aber immer sofort beiseite, damit der Tisch frei blieb, während er mit ihm über Verschiedenstes plauderte.

Nach zwei Stunden tauchte Ethan schwer schnaufend frittierte Teigbananen in flüssigen Honig.

„Verdammt… das war zu viel… ich glaube ich brauch die nächsten drei Tage nichts mehr zu essen", keuchte er nach dem letzten Bissen und lehnte sich in seinem Bürostuhl zurück.

„Na klar. Wir sprechen uns morgen Abend wieder", gab Till grinsend zurück und packte zusammen.

Ethan öffnete den obersten Knopf seiner Hose und strich sich mit den Händen über den Bauch.

„Ernsthaft… so viel habe ich schon lange nicht mehr gegessen. Ich werde fett, wenn die hier so gut kochen und du mir das dann auch immer noch unter die Nase halten musst", maulte er und raffte sich hoch, da eine der Zentrifugen zu piepen begann, als Zeichen, dass sie fertig war.

Till lachte amüsiert und trat zu Ethan, um ihm über die Schulter zu sehen. Tief sog er die Luft ein und konnte riechen, wie Ethans ganzer Körper daran arbeitete, die Mahlzeit zu verdauen. Er spürte seine Wärme und konnte sich nicht länger zurückhalten. Sanft küsste er Ethan im Nacken und legte behutsam die Arme um ihn. Der junge Mann zuckte zwar heftig zusammen, machte aber keine Anstalten auszuweichen.

„Till, ich wusste ja nicht, dass du auch…", begann er und drehte sich in der Umarmung zu ihm um.

Till grinste und küsste ihn zur Bestätigung. Ethans Lippen schmeckten immer noch nach Mango-Lassi, was ihm einen warmen Schauer den Rücken runter laufen ließ.

„Na, kann ich dich noch zu einem Nachtisch überreden?", fragte er und nickte in Richtung des Feldbettes, welches in einer Ecke des Labors aufgebaut war.

„Ich weiß wirklich nicht, ob das eine so gute Idee ist. Mein Bauch ist zum Platzen voll", wich Ethan aus.

In seinem Blick konnte Till jedoch erkennen, dass er nicht grundsätzlich abgeneigt war.

„Du weißt doch, wie man sagt: Nach dem Essen soll man ruhen oder einfach ficken tun."

Ethan lachte, wandte sich aber gespielt angeekelt ab.

„Du bist widerlich!"

„Lieber widerlich als…"

Ethan hielt ihm den Mund zu und küsste ihn dann schnell, um zu verhindern, dass er den Satz zu Ende sprach.

Die Uhr zeigte bereits weit nach Mitternacht. Zusammen lagen sie auf dem Feldbett und Till streichelte sanft über Ethans Bauch, während sich dieser mit dem Rücken an ihn schmiegte.
„Das hat Spaß gemacht… Ich bin wirklich froh, dass ich dich hier getroffen habe. Wiederholen wir das bei Gelegenheit?"
„Was meinst du? Das Essen oder den Nachtisch?", hakte Till nach und vergrub die Nase in Ethans Haaren.
„Beides?"
„Gern…"

In den darauffolgenden Tagen bekamen sich die beiden kaum zu Gesicht. Till hatte alle Hände voll damit zu tun, seine Labore umzuräumen und Alexander mit immer neuen Bestelllisten zu überhäufen, während Ethan seine Cyano-Zucht vorantrieb und weiter die unbekannte Nuss analysierte. Recht schnell hatte er herausgefunden, dass bestimmte Stoffe in ihr, die Veränderung auf Zellebene stark anregten und es somit leichter machten, Mutationen herbei zu führen oder gezielt etwas an einer Zelle umzubauen. Und dies war nur eine von vielen Wirkungsweisen der Nuss. Schließlich trat ein, wovor Ethan die ganze Zeit gebangt hatte. Die Nuss war aufgebraucht. Er hatte genug Analysen durchgeführt, um jetzt endlich eine Idee zu haben, wie er anfangen wollte, aber dafür musste er erst neues Material besorgen.
Statt zu Alexander machte er sich direkt auf den Weg zum Professor. Die Labore der Gründer lagen in den tieferen Etagen der Einrichtung und waren auch besser

gesichert. So stand dann auch Ethan vor einer verschlossenen Tür und drückte den Klingelknopf.

„Worum geht es?", blaffte Zades Stimme durch die Gegensprechanlage.

„Ethan Lane, Sir. Die Probe, die sie mir als Starthilfe überlassen haben ist aufgebraucht und ich wollte fragen, ob es möglich ist, mehr davon zu bekommen", trug er sein Anliegen vor.

„Immer grade aus, am Ende der Treppe."

Das kleine Lämpchen über der Tür schaltete von Rot auf Grün. Dahinter lag wieder ein schier endloser Gang, gefolgt von einer Treppe, die noch ein ganzes Stück abwärtsführte. Ethans Verstand schlug Purzelbäume bei dem Gedanken daran, was sich wohl alles hinter den schweren Eisentüren verbarg, die er gerade passierte.

Er ging weiter, bis er auf eine Tür stieß, deren Lampe wieder grün leuchtete und trat ein.

Das Labor glich eher einer Überwachungszentrale mit all den Computerbildschirmen, Anzeigen und Prozessortürmen. Durch eine Glasfront erkannte er einen weiteren großen und gut beleuchteten Raum.

Er sah nur rohe Betonwände und kaltes künstliches Licht. Es gab dort keinerlei Geräte oder Möbel, lediglich einen großen zylindrischen Wassertank, in dem eine gewaltige Pflanze schwamm und daneben ein Treppengestell mit einer Plattform, gut drei Meter über dem Tank.

„Was zum Teufel ist das?", fragte Ethan und ging so nah an die Scheibe heran, dass seine Nasenspitze fast das dicke Glas berührte.

„Wonach sieht es denn aus?", stellte der Professor die Gegenfrage.

Wie aus dem Nichts stand er plötzlich hinter Ethan, der diesmal jedoch nicht darüber erschrak, sondern weiter auf die riesige Pflanze starrte. Lediglich ihre dicke, über zwei Meter lange Wurzel hing in dem mit Flüssigkeit gefüllten Tank. Der Kranz aus riesigen bananenstaudenartigen Blättern hing über dem Rand und erreichte fast den Boden.

„Ich habe keine Ahnung… Sie erinnert mich irgendwie an eine Mandragora, aber die Blattform… und vor allem diese gigantische Größe!", überlegte Ethan laut.

Ein Grinsen lag auf dem Gesicht des Professors, während er langsam nickte.

„Sehr gut… Würden sie sie gern einmal aus der Nähe sehen?"

„Unbedingt!", platzte es aus Ethan heraus und kaum, dass die Glastür entriegelt war, trat er ein. Die Luft war überraschend frisch und die Raumtemperatur angenehm. Je dichter Ethan an die Pflanze heran ging, desto mehr Details fielen ihm auf. Die riesige Wurzel hatte zwar die Form einer Alraunenwurzel, war jedoch flach und eingefallen. Sie wirkte regelrecht ausgetrocknet, was in dem Tank mit Flüssigkeit völlig absurd schien. Auch an den Blättern hatte sie einige trockene Stellen, zwei waren sogar gänzlich gelb. Aber das war nicht das Einzige, was ihm ins Auge stach.

„Die Blätter… Die Oberfläche erinnert mich an Fettkraut. Wie kann das sein? Ist das eine Züchtung von ihnen Professor? Wie heißt sie?"

„Mandragora zadensis maximus", gab er mit hörbarem Stolz in der Stimme zurück.

„Sie ist unglaublich schön! Wäre es okay, wenn ich sie mir von oben ansehe?", fragte Ethan und griff schon nach dem Geländer der Treppe.

Der Professor nickte nur und bedeutete ihm mit einer Handbewegung, hinauf zu gehen. Er selbst folgte ihm mit Abstand.

„Die Nüsse, wegen derer sie hier sind, sind ihre Früchte", erklärte er und deutete auf die riesigen Blätter. Erst jetzt erkannte Ethan die kirschgroßen Perlen, die an kurzen Stielen an der Unterseite der Blattachsen hingen. „Es ist leider nicht möglich, sie zu pflücken, ohne die Pflanze zu verletzten. Sie muss sie von selbst abwerfen. Überhaupt ist dieses Gewächs eine furchtbar wählerische Diva. Es hat mich Jahrzehnte gekostet, ihre Ansprüche heraus zu finden, aber ich denke, ich komme der Sache langsam näher", erklärte er weiter.

„Ich habe noch nie von Fruchtständen direkt an den Blättern gehört. Das ist phänomenal! Wie haben sie das hinbekommen?" Ethan war völlig begeistert und beugte sich immer weiter über das Geländer, um mehr zu sehen. Im Zentrum der Pflanzen gab es mehrere Gebilde, die an Bandnudelpäckchen oder Wollknäuel erinnerten. Ein leichtes Zittern ging durch die riesigen Blätter, als würden sie durch einen Luftzug bewegt.

Erst schwach und dann immer deutlicher begannen die Blattachsen in kurzen Impulswellen bläulich zu leuchten. Die Interwallstärke erinnerte Ethan an Atemzüge.

„Sie phosphoresziert?! Wissen sie, warum sie das tut? Kann sie unsere Anwesenheit wahrnehmen? Eine Reaktion auf die Veränderung der Luftwerte durch die Atemluft oder so?"

Der Professor trat einen Schritt zurück, während er nachdenklich den Kopf hin und her wiegte.

„So genau kann ich das nicht sagen. Ich denke, es dient der Ablenkung."

„Ablenkung? Wovon?", hakte Ethan nach, bekam die Antwort jedoch prompt von der Pflanze selbst.

Schmale lange Blätter schlangen sich um Ethans Fußgelenke und begannen sofort mit einem kräftigen

Ruck zu ziehen. In diesem Moment sprang das Geländer wie ein Tor auseinander, so dass Ethan den Halt verlor und mit einem Aufschrei von der Plattform stürzte.

Die Pflanze erzitterte heftig, als er in ihrer Mitte aufschlug und stellte sofort ihre Blätter steil nach oben, dass er nun in einem großen Kelch gefangen war.

Die knäuelartigen Knollen im Zentrum begannen sich aufzurollen und die großen fleischigen Blätter sonderten ein klebriges Sekret ab, welches an ihnen herunterlief und sich am Boden sammelte. Ethan versuchte, wieder auf die Füße zu kommen und einen Spalt zwischen ihnen zu finden, jedoch waren sie so unnachgiebig, wie die Wände einer Gummizelle.

„Helfen sie mir!", schrie er nach oben und streckte die Arme in Richtung des Professors, der über den Rand der Plattform zu ihm runter sah.

„Sie als Carnivoren-Spezialist sollten sich glücklich schätzen, eine derartige Feldforschung betreiben zu dürfen, Mr. Lane", tadelte er lächelnd, die Hände hinter dem Rücken verschränkt.

In Sekundenschnelle wanden sich die schmalen Blätter, die inzwischen mit dem Sekret benetzt waren, immer höher um seine Beine. Der Versuch, sie wieder herunter zu reißen, führte lediglich dazu, dass auch seine Hände und Arme mit eingeschlungen wurden.

„Bitte… ich will nicht sterben!", schrie Ethan noch einmal nach oben, doch der Professor schüttelte nur verständnislos den Kopf.

„Ein bisschen mehr Forschergeist Mr. Lane. Hören sie endlich auf, mich zu enttäuschen und seien sie eine Bereicherung für dieses Institut!"

Die Blätter hatten seinen Hals erreicht, so dass Ethan einen letzten tiefen Atemzug einer Antwort vorzog. Kaum war er vollständig bandagiert, öffnete sich im

Zentrum der Pflanze ein Schlund, der ihn mit den Füßen voran einsog. Im Inneren war es warm und so eng, dass er sich nun keinen Millimeter mehr rühren konnte.
Er spürte, wie das Sekret seine Kleidung durchtränkte und seine Haut zu kribbeln anfing. Blanke Panik erfasste ihn, denn er wusste genau, was das zu bedeuten hatte. Seine Kleidung begann sich aufzulösen und seine Haut und das Fleisch darunter sicher als nächstes. Durch den Luftmangel begann es in seinen Ohren zu pfeifen.
Etwas bohrte sich in seine Nasenlöcher und als er vor Schreck darüber den Mund aufriss, auch in diesen. Sofort entwich das letzte bisschen Atemluft und eine warme Flüssigkeit wurde in seine Atemwege geleitet. Sein gesamter Körper verkrampfe sich im Todeskampf, bis ihm plötzlich bewusstwurde, dass er gar nicht erstickte. Er konnte die Flüssigkeit in seine Lungen atmen und auch das unangenehme Prickeln auf der Haut hatte aufgehört. Wärme breitete sich in ihm aus, vertrieb die Panik und ließ ihn immer mehr entspannen. Der Professor stieg die Treppe wieder hinunter und stellte sich vor den Tank. Die Wurzel war nun nicht mehr flach, sondern hatte die, für eine Alraune typisch menschliche Form, auch wenn die Arme und Beine sich noch nicht von der Hauptwurzel vereinzelt hatten.
Das immer noch aufgestellte Blattwerk wirkte wie eine gewaltige Krone.
„Immer wieder perfekt…“, stellte Professor Zade voller Bewunderung fest.
Es fiel ihm schwer, sich von dem Anblick zu lösen, um zu seinen Überwachungsgeräten ins Labor zu gehen. Von dort aus hatte er sämtliche Vital- und Nährstoffwerte der Pflanze genau im Blick. Auch die meisten von Ethans Werten konnte er über spezielle Sensoren im Tank erkennen. Beispielsweise sein Dopaminspiegel,

der wie neulich schon durch die Nuss, immer weiter anstieg.

„Hervorragende Reaktionszeiten…", bemerkte der Professor zufrieden.

Das blaue Pulsieren der Blattachsen hatte wieder eingesetzt und zog sich in einem feinen Netz aus Adern auch über die gesamte Wurzel. Die Blätter bebten im Rhythmus der Impulse und immer wieder fielen dabei einzelne Nussfrüchte zu Boden.

Zade wusste, dass die Pflanze Ethan durch die Hohlwurzel in seinem Mund mit verschieden Stoffen versorgte und es nicht lange dauern würde, bis sie auch Kanäle in sämtliche andere Körperöffnungen schoben, um seinen gesamten Stoffwechsel zu regulieren. Zufrieden sah er, wie die Mandragora bereits die ersten Nährstoffe aus der Flüssigkeit im Tank zog und gab sofort Neue hinzu. Konzentriert verfolgte er jede noch so kleine Veränderung und nach zwei Stunden begann er langsam etwas zu hoffen, was er kaum für möglich gehalten hätte.

Umso stärker übermannte ihn die Enttäuschung, als sich erst die Werte Ethans und kurz darauf auch die der Pflanze stark verschlechterten.

Mit allen Mitteln, die ihm zur Verfügung standen, versuchte der Professor das Ungleichgewicht der Nährstoffe und Hormone wieder auszugleichen, doch schließlich begann die Wurzel krampfartig zu zucken und spie im nächsten Moment auch schon ihr Innenleben wieder nach außen.

Nackt und mit grünem Sekret bedeckt glitt Ethan über eins der großen Blätter zu Boden. Hustend würgte er die Flüssigkeit aus seinen Lungen.

Sämtliche Glücks-gefühle, die ihn eben noch erfüllt hatten, waren wie weggefegt und zurück blieb nichts als leere und eisige Kälte.

Ethan hörte, wie Zade fluchend auf ihn zukam und das letzte, was er spürte, war ein stechender Schmerz im Nacken, bevor alles um ihn herum in tiefer Schwärze versank.

05 - Methodik

Als Ethan wieder zu sich kam, war es stockdunkel und er brauchte eine Weile, um zu begreifen, dass er sich im Bett in seinem Quartier befand. Er fühlte sich immer noch wie im Nebel und alles um ihn herum kam ihm unwirklich und verschwommen vor. Langsam ließ er sich zurück auf sein Kissen fallen und schloss die Augen in der Hoffnung, das Chaos in seinem Kopf auf diese Weise besser ordnen zu können. Je länger er darüber nachdachte, desto mehr fiel ihm wieder ein…das Labor des Professors, die riesige Mandragora. Mit einem Satz saß er aufrecht und seine Hände fuhren hektisch seinen Körper entlang. Er trug seinen Pyjama. Nichts fühlte sich sonderbar an, abgesehen von leichten Kopfschmerzen. Sicherheitshalber schaltete Ethan das Licht an, zog sich aus und prüfte noch einmal vor dem Spiegel an seinem Kleiderschrank, ob wirklich alles an ihm so war, wie es sein sollte, jedoch konnte er nichts Ungewöhnliches finden. Eine kleine wunde Stelle, die er mit den Fingern im Nacken ertasten konnte, war alles. Hatte er das Ganze vielleicht doch nur geträumt? Aber wie war er dann hier her in sein Bett gekommen? Sein Blick fiel auf ein kleines Schraubglas mit drei Mandragoranüssen, welches auf seinem Schreibtisch stand.
Ihm wurde abwechselnd heiß und kalt bei diesem Anblick. Es war also kein Traum! Er war wirklich von einer fleischfressenden Riesen-Alraune verschlungen worden! Je länger er diesen Gedanken in seinem Kopf bewegte, desto weniger wusste er ihn zu werten. Er war noch am Leben und unverletzt. Hatte der Professor ihm nicht sogar noch zugerufen, er solle sich über diese Erfahrung als Carnivorenspezialist freuen? War das alles vielleicht nur ein, zugegeben etwas schräger,

Scherz des Professors gewesen? Da die Wanduhr gerade Mal kurz nach drei anzeigte, ging Ethan zurück ins Bett. Viel Schlaf fand er in dieser Nacht nicht mehr, jedoch beschloss er vorerst mit niemandem über das Erlebte zu reden.

Der Einzige, den er von diesem Vorsatz ausnehmen wollte, war Lutz Zade. Gleich am nächsten Morgen machte er sich wieder auf in Richtung der Kellerlabore. Er wollte von dem Professor mehr über die wissenschaftlichen Hintergründe dieser verstörenden Erfahrung und der Pflanze an sich erfahren. Schnell musste er jedoch feststellen, dass der Leiter dieses Instituts nicht bereit war, ihn ein weiteres Mal zu empfangen.

Die Türen blieben verschlossen und auch auf das Klingeln reagierte niemand. Ethan gab nicht auf und versuchte es am Nachmittag, sowie am darauffolgenden Tag noch einmal, das Ergebnis blieb aber immer dasselbe.

Einen Moment lang spielte er mit dem Gedanken, zu Professor Satorie zu gehen. Schließlich hatte sich dieser im Hörsaal bei ihrer Ankunft als Ansprechpartner bei Problemen und Seelsorger angeboten, aber wollte er das wirklich? Die Kirche war Ethan schon immer suspekt gewesen und ganz besonders ihre Vertreter. Lorenzo Satorie machte da keine Ausnahme.

In den nächsten Tagen stürzte er sich regelrecht in seine Laborarbeit, denn ein weiterer Satz des Professors war ihm wieder in den Sinn gekommen und beschäftigte ihn mehr als alles andere, was er auf dieser Insel bisher gehört hatte.

„Hören sie endlich auf, mich zu enttäuschen und seien sie eine Bereicherung für dieses Institut!"

Er war nun schon seit fast zwei Wochen hier und hatte noch nichts geleistet, womit sich ein Blumentopf verdienen ließ, geschweige denn der ersehnte Doktortitel.

Die entscheidende Inspiration kam ihm schließlich durch einen Zufall. Beim Wasserwechsel an einem der Cyano-Zuchtaquarien verletzte er sich am Handrücken. Um gleich weiter arbeiten zu können, nutzte er ein wasserfestes Sprühpflaster. Wieder am Aquarium blieb dann ein Fetzen des blaugrünen Bakterienfilms an dem Pflaster kleben. Lange starrte Ethan einfach nur auf seine Hand, während ein Gedanke in seinem Kopf Gestalt annahm: ein regenerierender Wundverband auf Basis von Cyanobakterien. Die Mikroorganismen brachten schon eine Menge mit, was dafür vorteilhaft wäre und mit der Alraunennuss als Kompensator sollte es theoretisch möglich sein, eine Verbindung mit anderen Extrakten zu schaffen, wie beispielsweise mit Wirkstoffen aus bestimmten Heilpflanzen. Wie besessen vertiefte Ethan sich in diese Idee und begann, an ihr zu arbeiten. Tag und Nacht saß er an Versuchsreihen mit verschiedenen Cyanokulturen oder las sich durch seitenlange Wirkstoffanalysen. Sein Labor verließ er nur noch, um sich schnell etwas zu Essen aus der Mensa zu holen, wenn der Hunger zu groß wurde.

Ethan hatte keine Ahnung, wie viele Tage vergangen waren, als Till plötzlich in seinem Labor auftauchte und im Grunde war es ihm auch egal. Er machte langsam Fortschritte und nur das zählte im Moment.

„Was ist los mit dir? Die anderen reden schon über dich! Du kommst nicht mehr zum Essen, du sprichst mit keinem und das schlimmste, du sprichst nicht mit mir! Ist irgendwas passiert?", fragte Till, während er sich im Labor umsah.

„Scheiße, stinkt das hier…", fluchte er und ging zu Ethan, um zu sehen, woran dieser gerade arbeitete.
„Verdammt Ethan… ich muss mich korrigieren.
Du stinkst!"
Dieser winkte nur ab, während er weiter durch sein Mikroskop starrte.
„Nicht jetzt Till… ich muss das hier noch fertig machen. Die Analyse der Zellkernstruktur von…"
Till packte ihn an den Schultern, zog ihn samt Stuhl vom Schreibtisch weg und schob ihn in Richtung der Seuchendusche, mit denen die meisten Labore hier ausgestattet waren.
„Ja, ja, es ist verdammt cool unbekannte Dinge zu erforschen, aber das nützt dir nichts mehr, wenn du am Ende abklappst. Oder bei lebendigem Leib verwest!"
„Nein das ist nichts Unbekanntes, aber ich…", setzte Ethan wieder an, wurde jedoch erneut unterbrochen.
„Dann bist du ein Idiot. Hast du mal einen Blick in die Datenbank geworfen? Die ist verdammt umfangreich. Ich habe bisher kaum Analysen durchführen müssen, weil alle Grundlagen schon irgendwo waren. Wenn nicht in der wissenschaftlichen Bibliothek, dann bei den gescheiterten Projekten. Glaub mir, die haben hier schon einiges versucht und vieles kann man hervorragend als Basis für andere Dinge verwenden", erklärte Till und Ethan erstarrte regelrecht.
Die Datenbank! War er wirklich so dämlich?
Plötzlich regnete kaltes Wasser auf ihn runter und er schrie erschrocken auf. Till hatte ihn mitsamt dem Stuhl in die Dusche geschoben und selbige von außen verriegelt.
„Wird gleich warm. Der Waschgang dauert zehn Minuten! Nutz ihn, sonst gibt es ne Verlängerung!", rief Till

von draußen und ging zum Schreibtisch, um sich Ethans Arbeit genauer anzusehen.

Nach Ablauf der Duschzeit stoppte das Wasser automatisch und die Türen entriegelten sich wieder. Ethan trocknete sich ab und zog einen neuen Laborkittel an.

„Hey was soll das!? Ich habe dir nicht erlaubt, das zu lesen! Wir dürfen das auch gar nicht teilen! Der Monat ist noch nicht um!", beschwerte er sich.

Till brauchte einen Moment, um sich von dem Computermonitor loszureißen und sah Ethan an, als hätte er einen Geist gesehen.

„Doch ist er… seit gestern… Das hast du alles allein rausgefunden? Ohne die Datenbank zu nutzen?"

Ethan kam zu ihm und schaltete den Monitor ab.

„Ja und? Ich bin ein Idiot! Ich habe total viel Zeit verschwendet, ich hab's ja verstanden. Bist du nur hier, um auf mir rumzuhacken und meine Arbeit zu stören oder was?"

Immer noch war Till völlig perplex und brauchte einen Moment, um seine Gedanken zu ordnen. Die Analysen, die er sich gerade angesehen hatte, waren unglaublich komplex und soweit er wusste nicht mal im Ansatz Ethans Fachgebiet. Er selbst wäre zu so etwas nicht mal im Stande gewesen, wenn man ihm ein Jahr dafür Zeit gegeben hätte und das hier war innerhalb eines Monats entstanden. Er zwang sich, seine Verblüffung zur Seite zu schieben und das gut gelaunte Grinsen kehrte in sein Gesicht zurück.

„Nein, absolut nicht! Eigentlich wollte ich einfach über dich herfallen, dich dann zum Essen ausführen und am Ende einen Strandspaziergang in den Sonnenuntergang machen. Sowas eben. Aber aufgrund deines…", er gestikulierte ein wenig mit den Händen, „widerlichen

Zustandes… halte ich es für sinnvoller, die Reihenfolge etwas zu ändern. Los komm mit!"
Er packte ihn am Arm und zog ihn mit sich aus dem Labor.
„Verdammt noch mal, Till, lass das! Ich hab unter dem Kittel nicht mal was drunter, wo willst du hin?!", versuchte Ethan sich zur Wehr zu setzten, kam in seinem geschwächten Zustand jedoch nicht gegen Till an, der ihn immer weiter durch die Gänge zog.
„Mach dir nichts draus, Wilson kommt schon seit zwei Wochen nur noch in Unterwäsche in die Mensa. Sowas stört hier niemanden, glaub mir."
Sie verließen das Hauptgebäude und folgten einem gewundenen Pfad durch den Dschungel. Ethan wollte sich gerade erneut beschweren, als sich ein großer Gebäudekomplex aus mehreren gläsernen Kuppeln vor ihnen Auftat.
„Was ist das?!"
Till antwortete nicht darauf, sondern zog ihn weiter durch die Schleuse im Eingangsbereich. Hier gab es einen großen Lageplan und nun begriff Ethan auch, wo sie hier waren.
„Ein Gewächshaus?!", fragte er staunend, als sie die erste Halle betraten.
Die Luft war angenehm frisch und roch nach Salz und Gewürzen. Ein kurzer Blick durch den Raum verriet ihm, dass hier die Vegetation des südeuropäischen Mittelmeerraums zu finden war.
„Es gibt hier alles, gut sortiert nach unterschiedlichen Klimazonen und Regionen. Ich habe mir gedacht, als Botaniker gefällt es dir hier bestimmt."
Ethan war völlig begeistert und machte auch kein Geheimnis daraus. Mit leuchtenden Augen, wie ein Kind im Süßwarenladen, lief er die Wege entlang und

jubelte ausgelassen bei jeder neuen botanischen Selten-
heit, die er in den Anlagen entdeckte. Till folgte ihm
zufrieden lächelnd und hörte zu, was Ethan über die
einzelnen Pflanzen und ihre Verwendungsmöglichkeiten erzählte. Besonders euphorisch wurde er,
als sie in ein Gebiet mit Moorlandschaft und
Feuchtwiesen kamen und Ethan die Carnivoren und
Orchideen entdeckte. Gut drei Stunden wanderten sie
durch diese „Gärten der Welt", wie Till die Gewächs-
hausanlage immer wieder nannte, bis Ethan beim
Betreten einer Tropenhalle zusammenbrach. Der
Klimawechsel zwischen den Hallen kombiniert mit den
Entbehrungen der letzten Wochen waren einfach zu viel
für seinen Kreislauf. Till half ihm auf und zusammen
setzten sie sich auf die nächste Bank.
„Es ist wunderschön hier! Danke, dass du mir das
gezeigt hast."
Lächelnd legte er den Kopf an Tills Schulter, während er
den Blick weiter über die grüne Pflanzenpracht schweifen ließ. Der junge Ernährungswissenschaftler ließ
seinen Freund ein wenig die Ruhe und Zweisamkeit ge-
nießen, bevor er ihm einen Joint vor die Nase hielt.
„Na, hast du Lust? Es wird dich entspannen und außerdem ist es appetitanregend", fragte Till grinsend.
„Ich bin Botaniker, ich weiß ziemlich genau, welche
Pflanzen man rauchen kann und wie das wirkt.
Du wärst überrascht! Aber wo hast du das her? Das war
doch nicht in deinem Reisegepäck oder?"
Ethan nahm ihm den Glimmstängel ab und forderte mit
einer Handbewegung nach Feuer. Till erfüllte ihm
diesen Wunsch, während er antwortete.
„Ich habe ihn von Professor Satorie. Und glaub mir, ein
bisschen Gras ist wirklich das mindeste, was du von ihm
bekommen kannst. Du willst ein paar Nächte durch-

arbeiten, du hast Schwierigkeiten mit der Konzentration, kannst nicht schlafen, bist deprimiert… Glaub mir, wenn du dein Problem artikulieren kannst, hat er auf jeden Fall ein Mittel dafür!"
Ethan sog tief den Rauch in seine Lungen und gab den Joint dann an seinen Freund weiter.
„Du verarschst mich doch! Der Priester ist ein Drogendealer?"
Grinsend wiegte Till den Kopf hin und her, als müsste er über die Antwort erst nachdenken.
„Ein Dealer wäre er nur, wenn er dafür Geld nehmen würde, was aber nicht der Fall ist. Er ist also eher sowas wie der Weihnachtsmann."
Ethan holte sich einen weiteren tiefen Zug ab, bevor er antwortete: „Nein… für mich ist das nichts. Einmal im Jahr sowas hier, das reicht völlig."
Entspannt rauchten sie zusammen weiter, bis plötzlich am anderen Ende der Halle die Tür aufgestoßen wurde und Dr. Dr. Takahagomito im Stechschritt auf sie zukam. Beide zuckten erschrocken zusammen und Till drückte die Reste des Glimmstängels hinter sich an der Bank aus. Der Japaner trug Gummistiefel, die wie auch der Rest von ihm, mit braunem Dreck völlig verkrustet waren.
„Seit er seine Kiste mit Ton aufgemacht hat, ist er richtig schlecht drauf. Blafft alle nur noch an, selbst wenn man ihm nur guten Tag sagt. Das läuft auf dieser Insel wohl absolut nicht so, wie er es sich erhofft hatte", erklärte Till leise. Ethan zuckte mit den Schultern.
„Soweit ich weiß, hat niemand etwas bekommen, das seinem Fachgebiet entspricht. Kein Grund deshalb die guten Manieren zu verlieren."
Ethan hatte mit Absicht laut genug gesprochen das Takahagomito ihn hören konnte. Dieser blieb sofort

stehen und fixierte die beiden mit völliger Verachtung im Blick.

„Glaubt von euch Idioten wirklich noch einer daran, dass die Kisten zufällig zugeteilt wurden? Das irgendwas hier zufällig passiert?" Er begann in seiner Muttersprache zu fluchen, während er seinen Weg mit schnellen Schritten fortsetzte.

„Was stimmt denn nicht mit dem? Ist er paranoid? Wie soll das denn gesteuert gewesen sein? Das Einzige was ich für möglich halte ist, dass nichts in den Kisten war, was zu irgendeinem von uns wirklich passt. Wie der Professor es gesagt hat, es geht darum zu zeigen, was man außerhalb seiner Wohlfühlzone draufhat", stellte Ethan fest, während er ihm nachsah.

Seine Gedanken schweiften wieder zu dem Professor ab, was seine Stimmung sofort deutlich trübte.

„Mich hält der Professor jedenfalls für eine Enttäuschung...", fügte er leise an.

„Wie kommst du denn darauf? Hat er das zu dir gesagt?", hakte Till sofort nach, woraufhin Ethan nur leicht nickte und zu Boden sah.

Till lachte amüsiert.

„Ach komm schon! Das hat hier jeder schon zu hören bekommen. Ich glaube, er hält jeden Menschen, außer sich selbst, für eine Enttäuschung. „Sie haben einen Doktortitel in Ernährungswissenschaften und sind nicht in der Lage, ein paar Axolotl zu versorgen? Wie enttäuschend", äffte Till den Professor nach.

Dann klopfte er Ethan aufmunternd auf die Schulter, erhob sich von der Bank und streckte ihm die Hände entgegen, um ihm ebenfalls hoch zu helfen.

„Na komm, lass uns was essen gehen, das bringt dich auf andere Gedanken!"

Sie gingen zurück ins Hauptgebäude, jedoch nicht, wie Ethan angenommen hatte, in die Mensa, sondern in eine große modern ausgestattete Küche.

„Das Essen in der Mensa hat mich so angewidert, dass ich nachgefragt habe, ob es auch die Möglichkeit gibt, sich selbst zu versorgen und siehe da!", Till breitete die Arme aus.

„Durch die Gewächshäuser und eine unglaublich fortschrittliche Zuchtmöglichkeit tierischer Produkte wie Milch und Fleisch, haben die hier erstklassige Rohstoffe, um hochwertige, gesunde und vor allem leckere Mahlzeiten zu kochen. Es ist mir ein absolutes Rätsel, warum die das in der Mensa nicht hinbekommen."

Ethan sah sich immer noch um und brauchte daher eine ganze Weile, um zu begreifen, was Till da eigentlich gerade erzählte.

„Was?! Du kochst alles selbst?! Hast du das asiatische Menü neulich auch selbst gemacht? Wie findest du neben deiner Arbeit hier überhaupt Zeit dafür?", platzte es schließlich aus ihm heraus, als ihn die Erkenntnis wie ein Blitzschlag traf.

„Ich koche unglaublich gern. Das ist mein Hobby und entspannt mich. Änderungen bei meinen Versuchen schlagen im Moment immer erst nach frühestens zwölf Stunden an. So überbrücke ich die Wartezeiten", antwortete Till schulterzuckend.

„In den Wartezeiten schlafe ich...", gab Ethan resigniert zurück.

Till winkte nur ab, ging zu einem großen Schrank und holte die Thermobox raus, die Ethan schon vom letzten Mal kannte.

„Für heute habe ich mir was Besonderes ausgedacht. Quasi ein Spiel", begann er und deutete auf einen Stuhl.

„Du setzt dich da hin, ich verbinde dir die Augen und du musst erraten, was ich dir zum Kosten gebe."

Ethan hatte eigentlich keine Lust darauf, sich füttern zu lassen und dann auch noch ohne zu sehen, was er aß, jedoch wollte er Till nicht den Spaß verderben, wo dieser sich offenbar wieder so viel Mühe gegeben hatte. Brav nahm er also auf dem Stuhl Platz, legte die Arme auf den Lehnen ab und ließ sich die Augen verbinden.

„Okay. Du hast ja sicher schon mal von dem Begriff „Kloß" gehört. Es gibt kaum eine Gerichtsbezeichnung, die so vielseitig verwendet werden kann. In fast allen Kulturen finden sich verschiedenste Variationen davon. Herzhaft und süß, als Star auf dem Teller oder Beilage, leicht, deftig, aus einer Masse oder gefüllt… kurzum, ich könnte den ganzen Tag damit zubringen, dir unterschiedliche Klöße aufzuzählen", begann Till, während er die Box öffnete.

„Jetzt weißt du schon mal, worum es heute geht. Ich gebe dir jetzt verschiedene Klöße zum Kosten und du sagst mir, ob du sie erkennst und woraus sie gemacht sind."

Ethan nickte als Zeichen, dass er alles verstanden hatte.

„Mund auf!", forderte Till.

Nachdem er sich noch einmal vergewissert hatte, dass Ethan wirklich nichts sah, schob er ihm einen kleinen Fleischkloß in den Mund.

„Mhm… das war Fleisch… mit Paprika?", fragte Ethan, nachdem er hintergeschluckt hatte.

„Im groben richtig. Ein ungarischer Fleischkloß aus Rinderhack mit Tomate und Paprika verfeinert", erklärte Till und ließ gleich den nächsten Kloß folgen.

„Teig… mit Speck drin?"

Dieser Kloß hatte deutlich mehr Masse, so dass Ethan noch mit vollem Mund sprach.

„Dampfnudel mit Speckfüllung."
Auf diese Weise folgten noch drei weitere Klöße aus Kartoffelteig, Mehl und Semmel mit unterschiedlichen Füllungen.
„Sooo, ab jetzt verlassen wir mal das Feld der Klassiker und werden ein wenig experimentell. Du brauchst nicht mehr zu raten, was es ist, ich will nur wissen, ob es dir schmeckt oder nicht", erklärte Till und legte dabei schon den nächsten Kloß auf Ethans Zunge.
Dieser war sehr weich und zerplatzte sofort. Die Flüssigkeit, eine cremige Füllung, rann ihm in den Rachen und Ethan hatte Mühe alles zu schlucken.
„Entschuldige... der war wohl etwas groß... kommt nicht wieder vor. Schmeckt es denn wenigsten?"
Ethan nickte und schnappte nach Luft. Der Kloß hinterließ eine angenehme Wärme in seiner Speiseröhre und langsam breitete sich das Gefühl von völliger Zufriedenheit in ihm aus. Till beobachtete einen Moment, wie er immer weiter zusammensackte, bevor er ein paar Manschetten aus einem Schubfach holte und Ethans Hand- und Fußgelenke an dem Stuhl fixierte. Den jungen Mann schien das in keinster Weise zu stören. Seelig lächelnd saß er einfach nur da und öffnete wieder brav den Mund, als Till ihn dazu aufforderte. Der nächste Kloß war von schwammartiger Konsistenz und jedes Mal, wenn Ethan zubiss, rann ihm eine sämige Flüssigkeit in den Rachen. Till baute derweil eine Kamera auf und tigerte dann ungeduldig um den Stuhl herum.
Plötzlich begann Ethans Bauch aufzuquellen. Till öffnete den Laborkittel, um dem wachsenden Fleisch Raum zu geben. Wie bei einer heftigen allergischen Reaktion schwoll in rasanter Geschwindigkeit Ethans gesamter Körper an, bis er gut ein Drittel mehr seines eigentlichen Gewichts erreicht hatte. Tills Atmung beschleunigte sich

vor Aufregung. Immer wieder ließ er die Finger über die prall gespannte Haut gleiten. Ethan schnaufte heftig, während er immer noch auf dem Kloß herum kaute. Knapp zehn Minuten brauchte er, bis er ihn schließlich hinunterschlucken konnte. Till hatte derweilen angefangen Blut und Hautproben zu nehmen, sowie die Körperfunktionen und Werte mit verschiedenen Messgeräten zu prüfen. Als Ethan langsam unruhig wurde, steckte er ihm schnell den nächsten Kloß in den Mund. Ein kräftiger bitterer Kräutergeschmack breitete sich aus, so scharf, dass Ethan versuchte die Speise wieder heraus zu würgen. Till hielt ihm den Mund zu und Ethan zerrte keuchend an seinen Fesseln. Kaum dass der Kloß geschluckt war, bildeten sich die Schwellungen langsam zurück, bis der junge Mann wieder seine normalen Maße erreicht hatte, jedoch immer noch völlig benommen wirkte. Noch einmal prüfte Till seine Werte, bevor er ihm eine Spritze in den Oberarm verabreichte und ihn damit narkotisierte.

Als Ethan wieder zu sich kam, hatte er furchtbare Kopfschmerzen. Stöhnend setzte er sich auf und weckte damit auch Till, der neben ihm im Bett lag. Verwundert sah er sich um.
„Was... ist passiert?", fragte er verwirrt und massierte sich die Schläfen.
Till lachte amüsiert, stand auf und holte ihm eine Schmerztablette und ein Glas Wasser.
„Essen und Orgasmen scheinen dich wohl zu überfordern", stellte er fest, während Ethan die Tablette schluckte.
„Wir hatten Sex? Daran kann ich mich gar nicht erinnern... was hast du in diese Klöße gemacht?"

Till kam wieder zu ihm ins Bett und zog ihn in seine Arme.

„Kannst du dich wenigstens daran erinnern, dass es dir geschmeckt hat?"

„Oh ja… die waren wirklich verdammt gut…", lächelnd kuschelte er sich an Till, der ihm sanft über den Rücken streichelte.

„Auch wenn du mich wirklich fertig machst, ich bin verdammt froh, dass du hier bist…", fügte er noch an, bevor er wieder die Augen schloss, um noch eine Runde zu schlafen.

Am nächsten Tag klopfte es an Tills Labortür und Alexander trat noch vor einem „Herein" in den Raum. Wie immer war er im Anzug, trug eine Akte unter dem Arm und musterte seine Umgebung mit strengem Blick.

„Ich muss sie ermahnen, Mr. Diba. Halten sie sich mit Experimenten an Kollegen zurück, bis sie die Freigabe dafür erhalten!"

Tills Kiefer bewegten sich. Vieles lag ihm auf der Zunge, was er jedoch im Moment nicht aussprechen wollte.

„Okay und wie erhalte ich die? Ich komm sonst mit meiner Arbeit nicht weiter", knurrte er und verschränkte die Arme vor der Brust, während er sich in seinem Bürostuhl zurücklehnte.

„Der Professor prüft im Moment noch den Stand der einzelnen Arbeiten. Danach entscheidet er, welche er weitergeführt haben will und für wen es hier bessere Verwendungsmöglichkeiten gibt. Ich kann ihnen das bereits so deutlich sagen, weil er von ihrer Arbeit sehr angetan ist", erklärte Alexander völlig emotionslos und hielt Till die Akte entgegen, die er mitgebracht hatte.

„Ein paar Notizen des Professors. Er würde es begrüßen, wenn sie es schaffen, das dort beschriebene Verfahren in ihre Arbeit zu integrieren."

Durch dieses Lob deutlich besser gelaunt nahm er die Akte breit grinsend entgegen, bevor sein Gesicht für einen Moment wieder ernst wurde.

„Und wann darf ich mit dir meine Experimente vertiefen? Wir könnten viel Spaß zusammen haben?"

Till bemühte sich die emotionslose Sprechweise seines Gegenübers zu imitieren.

Zum ersten Mal, seit er ihn kannte, huschte ein leichtes Lächeln über Alexanders Lippen.

„Ich fürchte, sie wären über den Ausgang recht enttäuscht. Für so etwas, und damit meine ich alles, was sie angedeutet haben, stehe ich nicht zur Verfügung.

Des Weiteren kann ich mich nicht erinnern, ihnen das Du angeboten zu haben. Bleiben sie sachlich Mr. Diba, alles andere ist verschwendete Zeit."

„Pff... Ich weiß noch nicht mal ihren Nachnamen und soll sie siezen? Professor Satorie hat sie als Alexander vorgestellt, in der Datenbank steht nur ihr Vorname und ebenso an der Tür zu ihrem Büro. Haben sie keinen Nachnamen?", fragte Till missmutig.

„Alexander Parker. Es hat seine Gründe, warum mich hier jeder nur Alexander nennt. Trotzdem bestehe ich auf das SIE."

Till klappte der Unterkiefer runter.

„Parker? Sind sie ein Sohn von Dr. Parker, einem der Gründer dieser Einrichtung? Ist ihr Vater auch noch hier? Man hat seit Jahren nichts mehr von ihm gehört. Ich wusste gar nicht, dass er Kinder hat."

„Die hatte er auch nicht. Sie ziehen falsche Schlüsse.

Da es hier einmal einen Dr. Parker gab, führt es, wie sie gerade selbst feststellen durften, zu Verwirrungen, wenn ich als Parker vorgestellt werde."

„Hier gab? Lebt er nicht mehr?", wollte Till wissen, doch Alexander hob die Hand, um mit dieser Geste das Thema zu beenden und deutete dann auf die Akte.

„Haben sie nicht noch etwas zu erledigen, Mr. Diba?"

Till schlug die Akte auf, überflog ein paar Zeilen und erstarrte erneut. Mit einer hektischen Handbewegung bedeutete er Alexander zu gehen, während er sich schon wieder zu seinem Schreibtisch umwandte, den Blick immer noch fest auf das Papier geheftet.

„Raus hier! Ich habe zu tun!", forderte er schroff, da Alexander sich nicht bewegt hatte.

Die Schönheit und zugleich Grausamkeit, die aus diesen Notizen sprach, entfachte ein Feuer der Begeisterung in Till.

06 - Verwertung

Die Gewächshäuser und besonders Tills Tipp mit den Altprojekten in der Datenbank hatten Ethan zu neuer Energie bei seiner Forschung verholfen. In einem anderen Projekt entdeckte er tatsächlich ein Verfahren, welches die Kombination nicht kompatibler Stoffe mit Organismen ermöglichte. Durch seine wochenanlangen Analysen kannte Ethan nun jede noch so winzige Zellstruktur seiner Cyanobakterien und in den Gewächshäusern konnte er sich ausreichend frische Heilkräuter besorgen, mit denen er sie anreichern konnte.

Das Einzige, was ihm noch ein wenig Kopfschmerzen bereitete, war die Anwendung. Natürlich bestand kein Problem darin, die heilende Masse mit einem Spachtel auf die entsprechenden Hautpartien aufzutragen, jedoch musste Ethan zugeben, dass seine Erfindung damit noch nicht wirklich etwas Besonderes war oder sich von Produkten mit selber Wirkungsweise unterschied, jedenfalls, wenn man von dem komplett biologischen Grundmaterial absah.

Seit dem letzten Date kam Till nun täglich vorbei, um nachzusehen, ob Ethan schon etwas gegessen und geduscht hatte. Dabei brachte er ihm auch jedes Mal eine Tagesration seiner selbst gemachten Energiedrinks mit, worüber Ethan mehr als glücklich war. Dennoch versuchte er nun auch, wieder öfter in der Mensa vorbei zu schauen. Nicht wegen der ekligen Mahlzeiten, sondern um etwas mehr Kontakt zu seinen Kollegen aufzubauen, um sich mit ihnen austauschen zu können.

Gerade saß er bei einem Frühstück aus pappigen Cornflakes mit Trockenfrüchten, als ein Mann in T-Shirt und Boxershorts auf ihn zukam.

„Hey Wilson. Schön dich auch mal wieder zu sehen. Wie läuft's bei dir?", begrüßte er ihn und bot ihm einen Platz an seinem Tisch an.

Die Frage, wie es mit dem Projekt ging, hatte hier von Anfang an die Frage nach dem eigenen Befinden abgelöst, denn genau betrachtet, war das eine sowieso ein Spiegel des anderen.

„Danke, es läuft wirklich großartig! Ich hätte nie gedacht, dass Dreck mich so faszinieren könnte."

„Fachlich bleiben Wilson. Taka hat Dreck. Du hast Geröll", korrigierte Ethan ihn mit ernster Miene und erhobenem Löffel.

Beide lachten und Wilson nickte zustimmend.

„Und, wie läuft es bei dir?"

Ethan brummte missmutig.

„Grundlegend gar nicht so schlecht, aber irgendwie fehlt noch die Innovation."

Er sah sich in der Mensa um.

„Sag mal… weißt du was von den anderen? Ich bin ja nicht so oft hier, aber irgendwie kommt es mir hier immer verdammt leer vor. Wie es Taka und Till geht weiß ich ja und bei dir jetzt auch, aber was ist mit den drei anderen?"

„Naja… Die Sache scheint sich jetzt schon ziemlich auszudünnen. James van Haudt, der Typ der seinen Namen ganz oben an die Tafel geschrieben hatte, ist schon von Anfang an weg. Alexander meinte, er hat aufgegeben und wartet jetzt in Quarantäne auf das nächste Versorgungsschiff in anderthalb Monaten. Jackson ist von einem Bären angefallen worden und liegt auf der Krankenstation."

„Einem was?!", fragte Ethan, der glaubte sich verhört zu haben. Doch Wilson zuckte nur mit den Schultern, bevor er weitersprach.

„Na und Phillip, der mit nix in der Kiste, hat wohl versucht, ein Verfahren zu entwickeln, um sich unsichtbar zu machen und hat dabei einen schweren Laborunfall erlitten."

„Oh Scheiße... wie geht es ihm?"

„Sagen wir's mal so... im Prinzip war sein Verfahren erfolgreich. Seine Angehörigen müssen wohl ein Foto beerdigen oder so was."

Sie schwiegen einen Moment und hingen den düsteren Gedanken nach, die diese Unterhaltung mit sich gebracht hatte.

Schließlich war es Wilson, der die erdrückende Stille unterbrach. „Sag mal, hast du vielleicht Lust, dir mein Projekt anzusehen? Ich hatte vor drei Tagen den absoluten Durchbruch mit meiner Arbeit. Der Professor fand mein Projekt erst völlig enttäuschend, doch jetzt ist er begeistert. Und da wir ja nun auch zusammenarbeiten dürfen?", fragte er aufgeregt.

„Wirklich? Klar, gerne! Bis die neuen Kulturen im Brutschrank soweit sind, dass ich damit weiterarbeiten kann, hab ich Zeit."

Wilson sprang sofort vom Tisch auf und winkte Ethan, ihm zu folgen.

„Weiß du, ich hab tagelang keinen Ansatz gehabt und nur diese dämlichen Kristalle angestarrt. Der Professor war mehrmals da und hat mir die Hölle heiß gemacht", begann er wild gestikulierend zu erklären, während sie die Gänge zu seinem Labor entlang gingen.

„Irgendwann hat es dann klick gemacht und ich wusste, woran sie mich erinnern. Ihre Oberfläche spiegelt die Umgebung, wenn man sie poliert und ihr Farbspiel, wenn Licht darauf fällt..."

Wilson sprach immer schnell und hektisch, aber wenn er so aufgeregt war wie im Moment, hatte Ethan ernsthafte Probleme seinem Sprachfluss zu folgen.

„Kraken!" rief er begeistert und in einer Lautstärke, dass Ethan zusammenzuckte.

„Natürlich hat mir das am Anfang auch noch nicht weitergeholfen, aber jetzt wo ich das Problem mit dem Formwandeln gelöst habe...", breit grinsend öffnete er die Tür zu seinem Büro.

Langsam aber sicher beschlich Ethan der Verdacht, dass sein Kollege ein wenig den Verstand verloren hatte, weshalb er im Büro mit hübschen, kleinen, kristallenen Kraken-Figuren rechnete. Schnell musste er aber feststellen, dass, selbst wenn es hier solche Figuren gab, man Stunden brauchen würde, um sie zu finden.

Jeder Quadratzentimeter lag voll mit Ausdrucken, Notizzetteln, Fachbüchern und anderen Unterlagen.

Es sah aus, als hätte jemand einen vollen Altpapiercontainer in das kleine Büro gekippt. Auf Zehenspitzen sprang Wilson leichtfüßig durch das Chaos.

„Nichts anfassen! Du bringst es durcheinander!", schimpfte er, als Ethan versuchte ihm zu folgen.

„Wie stellst du dir das vor? Ich versuch`s ja, aber...", wollte dieser sich verteidigen, doch Wilson fiel ihm gleich wieder ins Wort.

„Sei einfach vorsichtig! Das hat alles sein System und zwar meins! Ich hab schon einen zweiten Eingang zum Labor beantragt, aber bis dahin geht es eben nicht anders."

Der Hinterausgang des Büros führte zu einem kurzen Flur. An der Wand hingen ein dicker Schneeanzug und ein paar wattierte Mäntel. Wilson reichte seinem Kollegen einen Mantel, bevor er sich in den Anzug zwängte.

Er öffnete die schwere Stahltür zu seinem Labor und sofort schlug ihnen eisige Kälte entgegen. Mitten in dem großen Raum stand ein riesiger Wassertank mit einer Leiter daneben. Sofort musste Ethan wieder an die Riesen-Alraune denken und trat unsicher einen Schritt zurück.

„Warum ist es so kalt hier? Sagtest du nicht irgendwas von Kraken? Vertragen die das?", fragte er, während er sich von der Tür aus umsah.

„Sie brauchen die Kälte sogar, sonst überhitzen sie", erklärte Wilson, ging zu dem Becken und winkte Ethan ihm zu folgen. Mit einem großen Schieber zog er das Kondenswasser von der Scheibe.

„Inaktiv sind sie durchsichtig", erklärte Wilson und legte eine Hand an das Glas. Erst wirkte es wie schwache Lichtreflektionen, doch dann erkannte Ethan immer deutlicher die Umrisse von Kraken.

„Das ist ja irre…", stelle er fest und trat nun doch dichter heran, um besser sehen zu können.

Je schärfer die Konturen wurden, desto deutlicher konnte er erkennen, dass die Tiere wirklich aus Kristall zu bestehen schienen.

„Wie funktioniert das? Sie sehen so lebendig aus."
Wilson grinste stolz.

„Telepathie! Feiner Kristallstaub ist im Wasser gebunden und setzt sich auf Wunsch zusammen", erklärte er und sah wieder ins Becken, woraufhin sich mehrere Kraken zu einer neuen Gestalt zusammen- schlossen bis schließlich Wilson selbst im Becken schwebte. Alles wirkte noch etwas unnatürlich und glänzend wie bei einer kantigen Puppe, jedoch waren die körperlichen Merkmale deutlich zu erkennen.

„Du verarschst mich doch! Wie sollen Steine denn tele- pathische Befehle entgegennehmen. Auch wenn ich kein

Geologe bin, ein bisschen mehr Fachlichkeit kann ich durchaus verkraften."

Ethan bemühte sich um einen ruhigen freundlichen Tonfall, dennoch war deutlich, dass seine Laune langsam umschlug. Es beeindruckte ihn, was sein Kollege hier auf die Beine gestellt hatte, jedoch glaubte er immer noch, dass das alles irgendein Trick war und Wilson sich hier über ihn lustig machte.

Wieder begann dieser wild mit den Armen zu gestikulieren, während er nach Worten suchte.

„Es ist kompliziert. Natürlich habe ich die Steine in verschiedenen Verfahren behandelt, damit das klappt.

Da sind Diamanten und andere Edelsteine im Wert von über zehn Millionen in dem Tank. Ist das nicht irre! So viel Geld! Alles was wir brauchen, können wir hier einfach bekommen. Nichts spielt eine Rolle!", jubelte er ausgelassen und warf die Arme in die Luft.

„Wilson! Bleib beim Thema! Die Verfahren, wie bist du darauf gekommen? Wie funktionieren sie?"

Der Meeresbiologe wiegte eine Weile unschlüssig den Kopf hin und her, bis er sich schließlich zu einer Antwort durchrang.

„Genau betrachtet bin gar nicht ich darauf gekommen. Ich habe eins der gescheiterten Projekte in der Datenbank verwendet und verbessert. Christina M. Projekt 59R6. Sie ist nicht auf die Idee gekommen, die Masse zu kühlen, um sie stabil zu halten. Wenn sie überhitzt, ist sie hoch explosiv. Jedenfalls in Verbindung mit bestimmten Stoffen in der Luft."

Ethan trat noch etwas dichter an den Tank, jedoch war die Scheibe bereits wieder so stark beschlagen, dass man kaum etwas erkennen konnte. Wilson deutete auf die Treppe.

„Komm mit, von oben hat man einen besseren Blick.

Ich habe eine Scheibe auf der Wasseroberfläche, die nicht beschlagen kann."

Wieder zögerte Ethan. „Das Becken ist also oben abgedeckt?", fragte er unsicher.

„Ja, im Prinzip schon. Wieso fragst du? Hast du Angst reinzufallen?"

Bei dieser Frage schob Ethan den Gedanken an die Mandragora beiseite. Das war doch Blödsinn und nicht miteinander zu vergleichen. Er winkte ab und folgte Wilson auf die Treppe bis hoch an die Beckenkante.

In der Glasplatte obenauf war nur ein kleines Loch, in das Wilson sofort die Hand steckte und ein wenig im Wasser bewegte. Sofort schwebten mehrere große bunte Kraken an die Oberfläche.

„Los, versuch du es. Das Wasser ist warm. Du kannst ruhig reinfassen. Stell dir einfach so genau wie möglich vor, was du sehen willst."

Ethan musste nur kurz überlegen und konzentrierte sich dann auf eine seiner Lieblingspflanzen. In dem Tank knackte und knirschte es, als die Kraken ihre Form aufgaben und sich neu zusammensetzten. Es dauerte nur ein paar Atemzüge, bis sich dicht unter der Oberfläche ein Geweihsonnentau in der Größe eines Beistelltischchens gebildet hatte. Die Tropfen auf den langen gegabelten Blättern funkelten wie Juwelen und die ganze Pflanze schien von innen heraus zu leuchten.

„Gott ist das schön!", staunte Ethan.

„Eine Pflanze? Wirklich... du bist ein hoffnungsloser Fall!", gab Wilson lachend zurück, kniete sich neben ihn und steckte ebenfalls wieder die Hand ins Wasser.

Die restlichen Kraken verformten sich zu Haien, die ihre Kreise um den Sonnentau zogen.

Ethan war durch diese Bemerkung sichtlich gekränkt und hielt erneut die Hand ins Wasser.

„Du solltest Pflanzen nicht unterschätzen. Sie sind oft stärker, als sie auf den ersten Blick aussehen."

Der Sonnentau begann, um sich zu schlagen und wenn er dabei einen Hai erwischte, schlangen sich die klebrigen Blätter um das Tier und hielten es fest. Lange Ranken wuchsen aus der Mitte, die sich in die aufgerissenen Mäuler der gefangenen Haie trieben. Eine Masse floss durch die Ranken in die Haie, woraufhin diese sich auflösten und zu einem Teil der Pflanze wurden. Der Sonnentau wuchs dadurch immer weiter, bis keine Haie oder Kraken mehr im Becken waren.

„Abgesehen davon, dass es echt hübsch ist, wofür ist das Ganze gut?"

Wilson legte den Kopf leicht schief, während er die Ereignisse im Becken betrachtete. Es war schwer zu sagen, was er gerade dachte. Eine Mischung aus Staunen und Neid lag auf seinem Gesicht.

„Du hast wirklich eine hervorragende Vorstellungskraft… Naja, es steckt noch in den Kinderschuhen…

es ist leider noch nicht möglich, die kristalline Struktur außerhalb des Tanks stabil zu halten, auch nicht für einen gewissen Zeitraum. Anderenfalls würde jeder Selbstmordattentäter blass gegen diese genialen Waffen aussehen. Stell dir nur vor, sie können die Gestalt von jeder beliebigen Person oder jedes Gegenstands annehmen und dann, in einem passenden Moment: Kawooom!!!" Er riss die Arme empor und grinste.

Ethan sah ihn entsetzt an: „Das ist ein Scherz oder?"

Wilson zuckte mit den Schultern.

„Dies war auch der Aspekt, der Professor Zade gelangweilt hat, ich versteh gar nicht wieso. Er fand die Modifikationsmöglichkeiten bei Menschen interessanter.

Da verstehe ich allerdings nicht, wofür das gut sein sollte, denn damit kann nichts mehr explodieren.

Wobei... vielleicht für Supersoldaten!", seine Augen begannen zu leuchten und sofort wurden seine Bewegungen und Sprechweise wieder hektischer.

„Ja das wird es sein! Es wirkt wie ein Kraftwerk im eigenen Körper. Mehr Energie für alles! Das ist ja irre! Wieso habe ich das bloß nicht kapiert?", er schlug sich mit den Fäusten gegen die Schläfen.

„Wilson! Komm schon, reiß dich zusammen! Wieso willst du eine Waffe entwickeln? Du bist Meeresbiologe, mit dieser Erfindung könntest du so viel mehr machen. Verhaltensforschung von Meereslebewesen, Tiefseeforschung, was weiß ich...Und erst die Möglichkeiten für medizinische Verwendung!", versuchte Ethan zu ihm durchzudringen. Der Angesprochene stoppte in seinem Gehampel und starrte Ethan lange einfach nur regungslos an.

„Du bist so naiv! Glaubst du etwa, dass eine Forschungsinsel, die inzwischen reicher, als die meisten Staaten ist, sich hier ungehindert mit ethisch fragwürdigen Experimenten austoben kann, ohne dass die Machthungrigen dieser Erde daran verdienen? Glaub mir, es fließt kein Geld für etwas, das Menschen heilt.

Mit Kriegsgeräten lassen sich Wirtschaften aufbauen! Das ist es, was diese Einrichtung hier so groß und stabil macht!"

Ethan konnte im Blick seines Kollegen nur noch Wahnsinn erkennen und wich einen Schritt zurück.

Wilson versperrte ihm den Weg nach unten, was Ethans anfängliche Panik wieder aufflammen ließ.

Vorsichtig hob er eine Hand. „Entschuldige Wilson... deine Forschung hier ist wirklich beeindruckend. Ich wollte dich nicht angreifen oder beleidigen. Komm, lass uns wieder in die Mensa gehen und noch ein wenig darüber diskutieren. Okay?", versuchte er es mit ruhiger

Stimme. Wilson entspannte sich tatsächlich und fing wieder an zu grinsen. Ethan glaubte, die Situation entschärft zu haben.

Aber gerade, als er erleichtert aufatmete, preschte Wilson vor und stieß ihn auf den Tank. Die Glasplatte knackte bedrohlich, als Ethan sich aufrichtete.

„Du verstehst es einfach nicht! Du bist nur eine Marionette! Wir alle hier!", schrie Wilson und trat dann kräftig mit einem Fuß auf die Scheibe.

Diese zerbarst krachend und Ethan stürzte mit einem Aufschrei ins Wasser. Sofort begann der Sonnentau unter ihm wieder, peitschend um sich zu schlagen.

Die klebrigen Blattenden schlangen sich um seine Arme und Beine und zogen ihn nach unten. Gerade als Ethan noch einmal tief Luft holen wollte, bohrte sich eine durchsichtige Ranke tief in seinen Rachen. Er versuchte zu schreien und sich aus dem Griff der Kristallpflanze zu befreien. Nur zu deutlich hatte er das Bild von den sich auflösenden Haien im Kopf. Im nächsten Moment spürte er auch schon, wie eine kochend heiße Masse durch die Ranke geleitet wurde. Das Gefühl von innen heraus zu verbrennen, raubte Ethan den Verstand, bis er kurz darauf das Bewusstsein verlor. Wilson stand weiter am Rand des Beckens und sah zu, wobei er immer wieder prüfende Blicke in Richtung der Kameras im Raum warf. Der Sonnentau tauchte langsam an die Oberfläche und hielt Ethan mit ausgestreckten Armen und Beinen hoch, während über die Ranke immer mehr der goldenen, leuchtenden Flüssigkeit in ihm verschwand. Nach wenigen Augenblicken begann sein Körper von innen heraus zu leuchten. Das Licht wanderte in seine Blutbahn und zog sich als goldenes Netz unter seiner Haut entlang. Wilson war außer sich.

Es faszinierte ihn, wie die Kristalle sich mit dem menschlichen Körper verbanden, jedoch kochte auch blanker Hass, geboren aus Neid, in ihm. Obwohl Ethan nun nicht mehr bewusst dachte, bestimmte er immer noch die Form der Kristalle. Egal, wie tief Wilson die Hände in den Tank steckte und an einen riesigen Kraken dachte, der Sonnentau behielt seine Gestalt bei. Lang reckten sich die verzweigten Fangblätter mit ihren funkelnden Tropfen darauf in die Höhe mit Ethan in ihrer Mitte. Das Wasser im Tank begann zu brodeln und ein stetiges Knacken und Knirschen erfüllte die Luft. Viel zu spät begriff Wilson die Bedeutung dieser Geräusche und sofort wich sämtliche Farbe aus seinem Gesicht. Gerade, als er sich umwandte und die Treppe hinunterstürzte, explodierte der Sonnentau.

Die schrapnellartigen Kristallgeschosse sprengten den Tank und durchbohrten alles, was ihnen in den Weg kam. Das Wasser ergoss sich über den Boden. Überall zischte und knackte es aus zerschnittenen Leitungen und Löchern in Wänden, Decke und Boden. Der ganze Raum war in rotblinkendes Alarmlicht getaucht.

Nur wenige Minuten vergingen, bis die Labortür aufgeschoben wurde und Alexander, dicht gefolgt von Professor Zade, eintrat. Alexander ging sofort zu Ethan, der regungslos im Zentrum der Zerstörung lag und fühlte dessen Puls. Das goldene Leuchten hatte aufgehört und bis auf ein paar leichte Kratzer wirkte er unverletzt. Zade ging derweilen durch die Trümmer und sah sich um, bis sein Blick schließlich an Wilson hängen blieb, der in einer Lache seines eigenen Blutes lag. Roter Schaum sammelte sich vor seinem Mund, während seine Augen ziellos umherwanderten.

„Was soll mit ihm passieren?", fragte Alexander mit Blick auf Wilson.

Er trug Ethan wie ein schlafendes Kind auf den Armen und war neben den Professor getreten. Dieser sah noch einen Moment auf den Sterbenden hinunter, bevor er sich abwandte, um zu gehen.
„Verwertung."

07 - Ätzend

Zwei Tage vergingen bis Ethan auf der Krankenstation wieder zu sich kam. Er hing am Tropf und mehrere Kabel von Elektropads, zur Überwachung seiner Vitalwerte, kamen unter der Decke hervor. Professor Satorie saß neben seinem Bett und lächelte ihn freundlich an.

Es dauerte einen Moment, bis Ethan begriff, wo er war und vor allem warum. Nur zäh kleckerten kleine Bröckchen der Erinnerung in sein Bewusstsein, doch es reichte schnell aus, dass er mit weit aufgerissenen Augen im Bett saß.

„Er ist völlig verrückt! Wilson Decker! Er hat versucht, mich umzubringen, weil ich gegen sein Waffenprojekt bin!"

Satorie legte beruhigend eine Hand auf Ethans Arm.

„Es ist alles in Ordnung. Sie sind hier sicher und das Wichtigste, ihnen ist nichts passiert."

Ethan erinnerte sich an die Flüssigkeit, die wie geschmolzenes Glas in seinen Hals rann. Sofort tastete er sein Gesicht ab und zog seinen Pyjama hoch, um seinen Bauch zu sehen, jedoch musste er feststellen, dass Satorie recht hatte. Er ließ sich wieder in sein Kissen zurückfallen.

„Wie komme ich hier her?"

„Es gab einen schweren Laborunfall und der Alarm wurde ausgelöst. Mr. Decker liegt auf der Intensivstation. Seine Lunge wurde durchbohrt und wir arbeiten noch daran, eine neue zu züchten."

Ethan nickte langsam: „Es gab eine Explosion und die Kristallsplitter haben ihn verletzt oder? Warum ist mir nichts passiert?"

„Das Ganze wird noch untersucht. Nach ersten Erkenntnissen war die Druckwelle nur nach außen gerichtet und sie befanden sich im Zentrum. Erstaunlicherweise haben sie kaum Verletzungen erlitten. Lediglich ein paar leichte Verbrennungen im Mund- und Rachenraum und wir mussten ihnen den Magen auspumpen", erklärte Satorie, während er immer noch Ethans Arm tätschelte.

Dieser bewegte die Zunge tastend durch seinen Mundraum, konnte aber nichts feststellen. Einen Moment entspannte er sich und versuchte alles sacken zu lassen, bis ihn die nächste Erkenntnis nach oben schnellen ließ.

„Wie lange habe ich geschlafen? Was ist mit meiner Arbeit?! Ich hatte Kulturen im Brutschrank!"

Noch bevor er eine Antwort bekam, begann er sich die Elektropads von der Haut zu reißen, und Satorie konnte ihn gerade noch davon abhalten, ebenso mit der Flexüle auf seinem Handrücken zu verfahren.

„Sie waren zwei Tage bewusstlos. Alexander hat sich um ihre Arbeit gekümmert. Er hat nichts verändert, nur dafür gesorgt, dass nichts verdirbt. Beruhigen sie sich und nehmen sie sich die Zeit, die ihr Körper braucht", erklärte Satie, half Ethan aber dennoch, den Tropf und die Überwachungsgeräte loszuwerden.

„Können sie bitte Mr. Diba Bescheid geben, dass er herkommt? Weiß er schon davon?", fragte Ethan, der sich gerade nichts sehnlicher wünschte als ein wenig Geborgenheit.

„Er ist gerade in einer sehr wichtigen Phase seiner Arbeit und hat ausdrücklich angewiesen, nicht gestört zu werden. Soweit ich weiß, hat er eine größere Menge Trinkflaschen in ihr Labor schicken lassen. Es tut mir wirklich leid. Sie beide stehen sich recht nah oder? Ich bleibe gern so lange bei ihnen, wie sie wollen."

„Danke… wir sind nur befreundet…

Die Arbeit hat bei uns beiden Vorrang. Ich verstehe das", gab Ethan in einem Tonfall zurück, aus dem reine Enttäuschung sprach.

„Was ist eigentlich mit Mr. Deckers Arbeit? Wird er wieder gesund, um sie fortzuführen?", fragte Ethan um auf andere Gedanken zu kommen.

Satorie schüttelte mitleidig den Kopf.

„Wenn er stabil genug für die Überfahrt ist, wird er zurück in seine Heimat geschickt. Seine Arbeit wird derzeit geprüft und dann wohl in der Datenbank unter den gescheiterten Projekten abgelegt."

Sofort wurde Ethan hellhörig und wollte wissen, wie lange das dauerte.

„Hm… vielleicht eine Woche? Wieso fragen sie?", überlegte Satorie.

Ethan stieg aus dem Bett.

„Ich will in mein Labor. Bitte!", flehte er regelrecht.

Satorie willigte ein, bestand aber darauf, ihn dorthin zu begleiten.

Wie angekündigt befand sich Alexander in seinem Labor und zum ersten Mal, seit Ethan ihn kannte, war er auch passend gekleidet.

„Ein Kittel? Steht dir Alexander!", bemerkte Professor Satorie sofort, jedoch mit einem spöttischen Unterton.

Ethan hatte in seinem Leben schon viel Zeit in Laboren verbracht und dort auch viele Menschen in Kitteln gesehen. Den meisten „Besuchern" sah man das sofort an, jedoch war das bei Alexander nicht der Fall, weshalb er den Spott nicht verstand.

Der junge Sekretär sah Satorie nur einen Moment lang mit regungsloser Miene an, bevor er sich wieder seiner Arbeit an einem der Zuchttanks zuwandte.

„Danke, dass sie Mr. Lane her begleitet haben Professor.
Sie können uns jetzt allein lassen", gab er trocken zurück.
Satories Miene verfinsterte sich. Mit schnellen Schritten
war er bei Alexander, packte ihn am Arm und zog ihn
zu sich herum.
„Pass auf, wie du mit mir sprichst! Zieh diesen verdammten Kittel aus! Diese Höhenflüge stehen dir nicht
und vor allem stehen sie dir nicht zu! Glaubst du wirklich, dass du noch unter Markes Schutz stehst?"
„Ich glaube nicht, ich weiß es", gab Alexander emotionslos zurück, während er den Kittel abstreifte.
Ethan verstand dieses Machtspiel, das hier gerade ablief,
absolut nicht, hielt es aber für klüger, sich nicht einzu-
mischen. Einen Moment lang sah es so aus, als ob Satorie
zur nächsten Schimpftirade ansetzten wollte, doch stattdessen wandte er sich einfach ab und stürmte hinaus.
Noch bevor Ethan nachfragen konnte, hob Alexander
abwehrend die Hand und schüttelte leicht den Kopf.
„Es ist besser, wenn sie sich da raushalten. Lassen sie
mich ihnen lieber zeigen, was während ihrer Abwesen-
heit passiert ist. Ich habe ihre Aufzeichnungen studiert
und versucht alles so umzusetzen, wie sie es beschrieben
haben."
Ethan trat zu Alexander. „Ich finde, ein Kittel steht
ihnen besser als ein Anzug", bemerkte er kleinlaut.
Ein leichtes Lächeln legte sich auf Alexanders Lippen.
„Das mag sein. Jedoch hat Professor Satorie recht. Diese
Zeiten sind vorbei."

Den halben Tag blieben die beiden noch zusammen im
Labor. Sie redeten über das Projekt und verschiedene
Möglichkeiten, es zu verbessern.

Ethan war überaus beeindruckt von Alexanders weitreichenden Fachkenntnissen und sah anfangs überhaupt keinen Grund, warum dieser sich nicht ebenfalls in der Forschung betätigte. Das schien jedoch ein Thema zu sein, worüber der junge Sekretär nicht reden wollte. Weil Wilsons Arbeit noch nicht frei gegeben war, nahm Ethan sich das Projekt vor, welches als Grundlage dafür gedient hatte. Alexander half ihm dabei, die Fachbegriffe und geologischen Prozesse zu verstehen und je mehr Zeit verstrich, desto deutlicher dämmerte Ethan, was den jungen Mann von der Wissenschaft abhielt. Auch wenn er ein wandelndes Lexikon war, schien Alexander nicht dazu in der Lage, neue Ansätze für Problemlösungen zu entwickeln. Ethan wusste nicht, wie er das besser beschreiben sollte, als dass ihm schlichtweg die Fantasie fehlte. Das war nicht das Einzige, was dem jungen Mann abhandengekommen war, wenn er sich seine nahezu ausdruckslose Miene ansah. Aber auch dieses Thema wollte er lieber nicht ansprechen.

Ethan stürzte sich wieder voll in seine Arbeit. In der ersten Woche züchtete er drei kindskopfgroße Kugeln aus Cyanobakterien, die er mit unterschiedlichen Wirkstoffen anreicherte. Kaum, dass Wilsons Projekt in der Datenbank freigeschaltet war, traf er sich ein weiteres Mal mit Alexander für einen erneuten fachlichen Austausch und, um Rohstoffe zu bestellen, unter anderem ein halbes Kilo feinsten Diamantstaub.
In den nächsten zwei Wochen passte Ethan Wilsons Arbeit an seine eigene an. Jede, der gezüchteten Cyanokugeln bekam eine Hülle aus dem wandelbaren Kristallstaub. Diesen integrierte er jedoch in eigene Zellen, wodurch er von dem Organismus gekühlt und

vor Luftkontakt geschützt wurde. Somit entstand eine äußerst dehnbare Haut, die ein telepathisches Verändern der Form ermöglichte.

Fast ein Monat war seit dem Laborunfall vergangen, als jemand sein Labor betrat und er Tills Stimme vernahm.
„Wie ich hörte, hattest du turbulente Zeiten."
Augenblicklich sank Ethans Laune in den Keller. Immer wieder hatte er versucht, auf den unterschiedlichsten Wegen Kontakt zu Till aufzunehmen, aber nicht mal über Alexander war dies erfolgreich gewesen. Das Einzige, was ihm gezeigt hatte, dass sein Freund überhaupt noch lebte, war die wöchentliche Lieferung an Superfood-Trinkflaschen, die Till für ihn herstellte. Wären diese nicht so lecker und würden ihm Zeit sparen, die er sonst in der Mensa verschwenden müsste, hätte er sie vor Wut schon lange in den Abfluss gekippt.
„Na sieh mal an. Du lebst ja noch. Wilson hat versucht, mich umzubringen und dabei einen schweren Laborunfall ausgelöst. Aber das ist ja schon fast verjährt!", erklärte er beleidigt, ohne sich umzudrehen.
„Du bist sauer… das versteh ich… Kannst du mir wenigstens ins Gesicht sagen, was ich für ein Arsch bin?"
„Du bist ein…"
Ethan hatte sich zu ihm umgedreht und war mitten im Satz erstarrt. Schockiert musterte er die Gestalt, die da vor ihm stand. Lediglich am Gesicht und der dunklen Haut erkannte er noch seinen Freund. Till war gut einen Kopf größer geworden und kräftige Muskelpakete zeichneten sich unter seiner Kleidung ab.
„Verdammte Scheiße, was ist denn mit dir passiert?", entfuhr es Ethan schließlich und er kam dichter, um zu fühlen, ob das, was er da sah auch wirklich echt war.

Grinsend nahm Till ein paar Bodybuilder-Posen ein, womit er fast die Ärmel seines Kittels sprengte.
„Alles eine Frage der Ernährung!", erklärte er stolz.
Als Ethan Tills Shirt hochschob, um sich die Muskeln genauer anzusehen, traf ihn gleich der nächste Schock. Die Haut schien dem krassen Wachstum nicht stand gehalten zu haben. Breite vernarbte Risse zogen sich über den gesamten Oberkörper.
„Großer Gott, was hast du dir da angetan?! Sieht das überall so aus? Lass mich das mal sehen!", forderte Ethan, doch nun war es Till, der beleidigt zurücktrat und sein Shirt zurück in den Hosenbund stopfte.
„Ich habe mit meiner Forschung bahnbrechende Erfolge für die Körpergestaltung erzielt! Du könntest dich ruhig für mich freuen! Hätte ich gewusst, dass du so reagierst, wäre ich nicht hergekommen!"
„Entschuldige", setzte Ethan an, „Ich war wirklich sauer auf dich und jetzt muss ich das erstmal verdauen.
Ich bin total beeindruckt von deinem Äußeren und will unbedingt wissen, wie das möglich ist. Auch finde ich es sehr anständig von dir, dein Projekt per Selbstversuch getestet zu haben und nicht wie Wilson an mir.
Aber deine Haut, das muss doch unglaublich weh tun."
Till winkte nur ab.
„Um ehrlich zu sein… ich spüre überhaupt nichts.
Die Nervenenden sind wohl zerstört. Aber ich glaube, es gibt schon ein Verfahren, um neue Haut zu züchten und zu verpflanzen. Auf den ganzen Körper vielleicht etwas aufwändig, aber mal sehen. Zukünftig passiert das nicht mehr. Ich habe den Fehler, der dazu geführt hat, schon gefunden und ausgebessert", erklärte Till wieder etwas beschwichtigt.
Ethans Blick wurde nachdenklich.

„Wenn du willst, könnte ich es mal versuchen… das mit der Hautregeneration. Ich habe damit in den letzten Tagen ganz gute Fortschritte gemacht. Schnittwunden und Verbrennungen sind kein Problem und auch Narbengewebe zu entfernen, ist mir im Kleinen schon gelungen", erklärte er und zog sein eigenes Shirt hoch, um seinen Bauch zu präsentieren, auf dem beim letzten Mal noch eine Blinddarmnarbe zu sehen gewesen war.
„Blödsinn!", platzte es aus Till heraus, während er vor Ethan auf die Knie ging und dessen Bauch untersuchte.
„Ach, es ist realistisch, dass du einen Weg findest, innerhalb von einem Monat zu Mr. Universum zu werden und Wilson formwandelnde, explodierende Leuchtkristallkraken züchtet, aber dass ich äußere Wundheilung perfektioniere ist Blödsinn? Na danke auch", beschwerte sich Ethan.
„So war das nicht gemeint, ich…", setzte Till an, doch Ethan unterbrach ihn, indem er ihm kurzerhand den Mund zu hielt.
„Am besten du sagst jetzt nichts mehr und ziehst dich aus, damit ich mir das ganze Ausmaß deiner Arbeit mal ansehen kann."
Till nickte und folgte der Aufforderung schweigend. Sein gesamter Körper hatte einen extremen Wachstumsschub an Muskelmasse erlebt und dort, wo diese besonders ausgeprägt war, wie an Armen, Beinen und dem Torso, war die darüber liegende Haut großflächig zerstört.
„An so viel Fläche habe ich mein Verfahren noch nicht getestet, aber ich denke, es besteht eine gute Chance, das wieder hinzubekommen. Im schlimmsten Fall brauchst du danach wirklich eine Hauttransplantation.

Willst du es versuchen? Vielleicht erstmal an einem Bein?", fragte Ethan, während er die Finger tastend über den neuen Körper seines Freundes gleiten ließ.

Er war sich gerade selbst nicht sicher, ob er davon angezogen oder abgestoßen war. Till dachte einen Moment lang über den Vorschlag nach, während er seinen Blick durch das Labor wandern ließ. Er blieb an den drei Glastanks hängen, in denen je ein glasig roter, grüner und blauer Gelklumpen in der Größe eines Medizinballs schwamm.

„Zuerst erklärst du mir dein Verfahren, dann entscheide ich. Okay?"

Ethan nickte und ging zu den drei Tanks.

„Die Therapie für das Entfernen von Narbengewebe hat zwei Stufen."

Er präsentierte den roten Klumpen: „Asto kann bei längerem Hautkontakt ätzend wirken. Witzigerweise kann er durch die Stoffe, mit denen er angereichert ist, auch eine harte Schicht, wie einen Panzer bilden, aber das ist für das Verfahren nicht weiter wichtig. Er wird jedenfalls das Narbengewebe vollständig entfernen."

Ethan trat zum nächsten Tank mit dem grünen Cyanoklumpen.

„Sina ist mit verschiedenen Extrakten aus Heilpflanzen versetzt. Sie aktiviert die Hautregeneration und liefert die Botenstoffe, damit diese schon nach wenigen Stunden abgeschlossen ist."

Till hatte ihm konzentriert zu gehört und hob nun wie ein Schulkind vor dem Lehrer die Hand.

„Ja bitte?", fragte Ethan.

„Du hast den Dingern Namen gegeben?"

Sofort färbten sich Ethans Wangen leicht rot.

„Ich weiß, dass das albern ist, aber ich fand es schöner als irgendwelche Projektnummern", erklärte er kleinlaut.

Till nickte langsam.

„Mag sein… aber tu dir selbst den Gefallen und benutze die Nummern, wenn du es dem Professor vorstellst", riet er und gab Ethan ein Handzeichen, dass er fortfahren konnte.

„Im Prinzip war's das schon. Blue werden wir nicht brauchen. Er dient quasi als Stopper für Asto, wenn nur kleine Hautpartien betroffen sind. Außerdem konserviert er sehr gut. Bei schlimmen Unfällen könnte man ihn als Erste-Hilfemaßnahme über die verletzte Körperpartie legen. Er kann die Wunde von Schmutzpartikeln reinigen und bis zur Weiterbehandlung schützen. Und, willst du es versuchen?"

„Wenn das wirklich so funktioniert, wie du sagst, ist das ein Riesending für die Medizin. Wie aufwändig und teuer sind die Dinger in der Produktion?"

Ethan hob abwehrend die Hände.

„Langsam, langsam… soweit bin ich noch nicht. Das sind absolute Prototypen und sie enthalten Stoffe, die sowohl zu teuer als auch zu selten für eine Massenproduktion sind", erklärte er und dachte dabei an den Diamantstaub und die Mandragoranüsse.

Till überlegte noch einen Moment angestrengt, dann grinste er breit.

„Okay. Wir machen es! Aber dafür, dass ich dein Projekt teste, testest du anschließend meins!"

Ethan hob abwehrend die Hände.

„Moment mal! Vergiss es! Auch wenn ich auf Männer mit Muskeln stehe, heißt das noch lange nicht, dass ich auch so aussehen will. Sorry, aber dafür musst du einen anderen finden."

Till lachte. „Keine Sorge, meine Arbeit deckt ganz unterschiedliche Aspekte der Körpermodifikation ab. Ich kann auch nur einzelne Partien vergrößern", er deutete dabei auf seinen Schritt, „oder ich kann die Zell-alterung blockieren und dich damit für einen gewissen Zeitraum auf dem derzeitigen Stand konservieren", erklärte er.

„Das klingt allerdings interessant. Länger jung zu bleiben, heißt mehr Zeit für die Forschung zu haben.

Ich denk drüber nach, okay?", überlegte Ethan und wies dann auf den großen Untersuchungstisch.

„Wollen wir?", fragte er und in seiner Stimme bebte die Vorfreude.

Till war weitaus weniger enthusiastisch, willigte aber schließlich ein und legte sich hin.

„Okay, wir fangen mit einem Bein an. Ich gebe dir ein Schmerzmittel, aber es wird trotzdem verdammt weh tun. Ich muss dich festschnallen, damit du dich nicht verletzt."

Nachdem Till auf dem Tisch fixiert war und die nötigen Medikamente bekommen hatte, holte Ethan mit Hand-schuhen Asto aus seinem Tank und legte ihn auf das linke Bein. Sofort begann die gelartige Masse sich aus-zudehnen und breit zu laufen, bis sich eine Hülle um das ganze Bein gebildet hatte.

„Das brennt…" bemerkte Till und verspannte sich.

Ethan nickte und hielt seine Hand, da er wusste, was gleich passieren würde. Durch das rote Gel konnte man sehen, wie die vernarbte Haut sich langsam zu zersetzen begann. Das Brennen wurde immer schlimmer, bis Till vor Schmerzen schrie und Ethan sich gezwungen sah, seinen Freund doch noch in eine kurzzeitige Vollnar-kose zu legen. Eine halbe Stunde ließ er die Masse arbeiten, bis nur noch rohes Fleisch zu sehen war. Dann holte er Sina aus ihrem Tank und legte sie ebenfalls auf das Bein. Sie drängte Asto zurück und nahm seinen Platz ein, ohne dass die frische Wunde mit Luft in Kontakt kam. Das rote Gel zog sich wieder in seine Kugelform zusammen, so dass Ethan es in den Tank zurücklegen konnte. Als Till wieder zu sich kam, waren die Schmerzen verschwunden und er atmete erleichtert auf. Vier Stunden vergingen, bis Ethan die Therapie beendete und auch Sina zurück in ihren Tank brachte. Die Haut auf Tills Bein war noch sensibel, aber absolut makellos.

„Es wird noch ein, zwei Tage dauern, bis die neu gebildeten Nervenenden auf ein normales Maß der Empfindlichkeit abstumpfen. Und auch die Haarfollikel müssen sich erst wieder neu bilden. Aber sonst… wie findest du's?", fragte Ethan und ließ sanft die Finger über die junge Haut gleiten.

Vollkommen fasziniert betrachtete Till sein Bein und berührte es dann selbst vorsichtig.

„Das ist der absolute Wahnsinn! Ich will mehr!"

08 - Übersättigung

Es brauchte zwei Tage, bis Ethan Tills gesamten Körper vom Narbengewebe befreit hatte. Dies lag in erster Linie daran, dass er aufgrund der Größe seiner Cyanos in mehreren Abschnitten arbeiten musste und Till zwischen den Narkosen längere Erholungsphasen benötigte. Das Ergebnis konnte sich jedoch wirklich sehen lassen.

Als kleines Dankeschön lud der Ernährungswissenschaftler Ethan zum Essen ein. Das romantische Candle-Light-Dinner wollte er nicht nur dafür nutzen, um ihre Beziehung zu vertiefen, sondern auch, um Ethan sein eigenes Projekt zu erklären.

„Laienhaft ausgedrückt verschaffe ich den Zellen ein Überangebot an Nährstoffen und Botenstoffen, um selbige in kürzester Zeit hoch effizient zu verarbeiten. Damit kann ich das Wachstum anregen, aber auch Alterungsprozesse für einen gewissen Zeitraum stoppen", erklärte er, als sie beim Nachtisch angekommen waren.

„Spannend. Du hast es also geschafft, die Prozesse, die bei Axolotln natürlich vorkommen, zu entschlüsseln und auf den menschlichen Organismus zu übertragen?", hakte Ethan nach.

Till wiegte ein wenig den Kopf hin und her, bevor er sich zu einer Antwort durchrang.

„Leider nur im Ansatz. Ich kann keine Gliedmaßen nachwachsen lassen und meine Modifikationen sind auch nicht so flexibel. Da ist noch ziemlich viel Luft nach oben. Aber ich habe schon mal einen Grundstein gelegt. Und, willst du es versuchen?"

Es war Ethan deutlich anzusehen, dass er der Sache nicht gänzlich abgeneigt war.

„Ein paar Jahre länger jung zu bleiben, klingt schon extrem verlockend… und du versprichst mir, dass ich danach nicht so zernarbt bin, wie du es warst?", überlegte er laut.
„Versprochen!"
Till streckte ihm grinsend die Hand über den Tisch entgegen. Nach einem Moment des Zögerns, schlug Ethan ein.

Am nächsten Tag trennten sich ihre Wege vorerst wieder. Till hatte vier Tage für seine Therapie veranschlagt und Ethan wollte die Nährlösung, in der seine drei Cyanos schwammen, für diesen Zeitraum anpassen. Der Praxis-Test mit Till hatte ihm gezeigt, dass es nicht schaden konnte, wenn die drei noch mal deutlich an Masse zulegten. Die meisten Zusatzstoffe konnte er von Alexander aus dem Lager bekommen.
Die Heilpflanzen, die er benötigte, wollte Ethan frisch aus dem Gewächshaus holen. Als er dort eintraf, musste er jedoch feststellen, dass dort, wo sich sein Lieblingskräuterbeet befunden hatte, nur noch ein aufgerissener Krater klaffte. Es war deutlich zu erkennen, dass hier jemand größere Mengen aus einer tiefer liegenden Erdschicht abgetragen hatte und Ethan konnte sich sehr genau vorstellen, wer dafür verantwortlich war.
Bei jedem seiner Besuche in dem riesigen Gewächshauskomplex lief er früher oder später dem immer schlecht gelaunten Asiaten über den Weg. Meistens beschränkten sie sich bei diesen Treffen darauf, kurze gegenseitige Blicke der Missbilligung auszutauschen. Grundsätzlich war Ethan ein sehr toleranter Mensch im Umgang mit schwierigen Persönlichkeiten, jedoch konnte er es absolut nicht leiden, wenn sich jemand für den Nabel der Welt und alle anderen für wertlose

Idioten hielt. Was ihn gerade aber wirklich zum Kochen brachte, war der Umstand, wie viele wertvolle und seltene Heilpflanzen hier einfach so zerstört worden waren.

Mit festen Schritten und geballten Fäusten lief er direkt zu dem Gewächshaus, in dem Dr. Dr. Takahagomito sein Labor hatte und hämmerte so lange an die verschlossene Tür, bis dieser schließlich öffnete.

„Kannst du dämliches Arschloch deine Arbeit nicht machen, ohne die Rohstoffe für andere zu vernichten? Hast du eine Ahnung, was diese Heilpflanzen für einen medizinischen Wert hatten?!"

Wie immer war Takahagomito von oben bis unten mit lehmiger Erde verdreckt und wie immer sprach blanke Verachtung aus seinem Blick. Einen Moment musterte er Ethan, der vor Wut inzwischen einen hochroten Kopf bekommen hatte, dann rollte er genervt mit den Augen.

„Es ist nicht zu fassen, womit man sich hier rumschlagen muss… Ich habe wirklich Wichtigeres zu tun, als mich mit dir kleinem Hippie auseinanderzusetzten!"

Bevor Ethan noch etwas sagen konnte, flog die Tür vor seiner Nase auch schon wieder ins Schloss.

„Beschissener Wichser!", brüllte Ethan.

Wie konnte ein Mensch nur so bösartig sein? Tränen der Verzweiflung schossen ihm in die Augen, weil er einfach nicht wusste, was er in dieser Situation noch tun sollte. Sein Blick blieb an dem Stellrad einer Wasserleitung hängen. Er hatte diese Leitungen auch schon bei anderen Hallen gesehen und wusste, dass sie zum Befüllen der Wasserläufe und Teiche gedacht waren.

Ein kurzer Blick an dem Asiaten vorbei hatte ihm gereicht, um zu wissen, dass sich in diesem Gewächshaus nur noch roher Boden befand. Mit einem kräftigen Ruck drehte er das Stellrad bis zum Anschlag auf, bevor er sich umwandte. Das letzte, was er noch hörte, bevor er durch die nächste Tür verschwand, war Takahagomitos wütendes Fluchen.

Auch sein anschließender Besuch bei Alexander besserte Ethans Laune nicht wirklich.

„Der Doktor hat die ausdrückliche Erlaubnis, sich für seine Arbeit alle Rohstoffe zu besorgen, die er benötigt. Sein Projekt wird als sehr vielversprechend angesehen und hat einen deutlich höheren Stellenwert als ihres", erklärte der Sekretär mit gewohnter Gleichgültigkeit.

„Na wunderbar!", fluchte Ethan, „vermutlich also wieder eine Waffe… Dieses System ist doch Scheiße!"

Alexander reagierte nicht darauf, sondern überflog nur die Liste für die bestellten Rohstoffe.

„Ich lasse alles in der nächsten Stunde in ihr Labor liefern. Kann ich sonst noch etwas für sie tun, Mr. Lane?"

Ethan zögerte einen Moment.

„Ich nehme an einem Versuch von Mr. Diba teil. Könnten sie in diesem Zeitraum wieder nach meiner Arbeit sehen? Ich werde alles so einstellen, dass nichts daran gemacht werden muss, aber ich würde mich besser fühlen, wenn ich wüsste, dass sie trotzdem ein Auge auf alles haben."

Alexander nickte knapp. „Das sollte kein Problem sein."

Till hatte sich derweilen auf den Weg zu Professor Zade gemacht.

„Ich habe Ethan soweit, dass er mir vertraut und sich einer Anwendung unterzieht. Er denkt, ich könnte seine derzeitige Jugend konservieren. Er glaubt wohl wirklich daran, dass auf dieser Insel alles möglich ist.

Aber egal. Auch wenn ich keine Ahnung habe, wofür das gut sein soll, wird bei seiner Lunge hinterher jeder Apnoe-Taucher vor Neid erblassen. Mal abgesehen von den ganzen anderen Kleinigkeiten. Allerdings stelle ich eine Bedingung dafür, wenn ich ihn nach ihren Wünschen verändere", erklärte er mit vor der Brust verschränkten Armen.

„Ihr neues Aussehen scheint ihr Ego zu untermauern, Mr. Diba. Passen sie nur auf, dass ihre Höhenflüge nicht zu steil werden. Man kann sich sehr schnell an der Sonne verbrennen. Was wünschen sie?"

„Ich will einen Clon von Ethan. In der Datenbank bin ich auf ein paar alte Projekte gestoßen. Sie wissen, wie man auch Persönlichkeiten in einen Clon überspielen kann, habe ich recht?"

Eine Augenbraue des Professors hob sich leicht an, bevor sich seine Mundwinkel zu einem Grinsen verzogen.

„Dieses Verfahren ist äußerst experimentell. Es gelingt nur in einem von zwanzig Versuchen und auch dann ist es nie perfekt. Außerdem ist es nicht möglich, dies ohne das Wissen des Probanden zu tun und benötigt mindestens ein halbes Jahr Zeit. Sie können einen Clon mit seinem Aussehen bekommen, der zwar nicht sprechen, aber auf Befehle reagieren kann. Das muss ihnen genügen."

Till zögerte einen Moment und streckte dem Professor dann die Hand entgegen.

„Deal! Ach und eins noch. Sehen sie sich Ethans Arbeit an, bevor sie mit ihrer Forschung weiter machen. Ich sage es nur ungern, aber seine Fähigkeiten, biochemische Zusammenhänge zu verstehen und abzuändern sind brillant. Ich bin mir nicht mal sicher, ob er selbst weiß, wie genial er ist, so bescheiden wie er sich

immer gibt. Ich weiß nicht, ob ich ihn dafür lieben oder hassen soll."
Zade grinste und nahm den Handschlag an.
„Oh doch… ich denke das wissen sie."

Am frühen Abend trafen sich die beiden wieder und Till nahm Ethan mit in Richtung des Kellers.
„Ist dein Labor nicht in 15A?", fragte Ethan irritiert.
„Ja, auch… das ist nur noch mein Zucht- und Untersuchungslabor für die Axolotl. Ich brauchte mehr Platz und habe ein zweites beantragt. Ich glaube, es ist pure Schikane, dass es so weit von dem ersten entfernt ist."
„Und ich glaube, dass dein Projekt ziemlich angesehen sein muss, wenn du hier unten ein Labor bekommst", gab Ethan zurück und Till grinste schulterzuckend.
Der Raum, den sie betraten, war überraschend klein.
In der Mitte stand ein massiver Edelstahlstuhl mit breiten Armlehnen, ansonsten gab es lediglich an der linken Wand einige Messgeräte und ein großes Steuerpult mit Monitor.
„Du hast dich bisher ziemlich bedeckt gehalten, was den Ablauf angeht. Sollte ich vorher noch was wissen?" fragte Ethan, während er sich umsah.
„Nein, eigentlich nicht. Zieh dich bitte aus und setz dich einfach auf den Stuhl. Den Rest übernehme ich."
Ethan blieb unschlüssig stehen, während er den Stuhl musterte. „Ich glaube, ich will lieber doch erst ein bisschen mehr wissen."
Till zog ihn in seine Arme und küsste ihn fordernd, bevor er Ethans Hose öffnete.
„Du bist der wichtigste Mensch für mich. Ich würde niemals zulassen, dass dir etwas Schlimmes passiert. Vertrau mir einfach, okay?"

Ethans Wangen färbten sich rot und er lächelte verschämt. Kurz legte er den Kopf an Tills starke Brust und genoss die Nähe zu seinem Freund, bevor er dessen Aufforderung folgte.

Nachdem er Platz genommen hatte, betätigte Till ein paar Knöpfe an dem Kontrollpult.

„Du willst wirklich nur ein paar Extra-Jahre? Nicht mehr Schwanz, größere Muckies, mehr Arsch? Letzte Chance!"

Ethan nickte nur knapp als Antwort darauf.

„Okay. Dann geht's jetzt los. Bitte einen Moment zurücklehnen und ganz stillhalten!"

Kaum dass Ethan dem nachkam, schlossen sich stählerne Manschetten um seine Hand- und Fußgelenke, sowie um seine Stirn.

„Muss das mit der Fixierung wirklich sein? Du weißt schon, dass das ziemlich gruselig ist, oder?", fragte Ethan, der sich deutlich verspannt hatte, mit leicht zitternder Stimme.

„Vertrau mir einfach. Alles wird gut. Mach den Mund auf und entspann dich!", forderte Till mit ruhiger Stimme.

Erst jetzt sah Ethan, dass sich eine Teilgesichtsmaske von der Decke gesenkt hatte, an der ein gut drei-finger-dicker Schlauch befestigt war. Seine Atmung beschleunigte sich, als sie sich über seine untere Gesichtshälfte legte und hinter dem Kopf verschloss. Hilfesuchend sah er zu Till, der ihm jedoch nur lächelnd zunickte. Kaum, dass Ethan den Mund öffnete, tauchte der Schlauch tief in seinen Rachen. Er spürte etwas Kaltes und war überrascht, dass der Würgereflex völlig ausblieb. Durch die Nase konnte er normal weiter atmen, sein Mund war nun jedoch komplett versiegelt.

„Keine Sorge, mach die Augen zu und genieße es!“, erklärte Till und betätigte ein paar weitere Knöpfe.
Ethan konnte spüren, wie etwas durch den Schlauch geleitet wurde. Im nächsten Moment verschwand ein Teil der Sitzfläche unter ihm und etwas drängte gegen seinen Hintern. Immer stärkere Panik ergriff von ihm Besitz. Er verstand jetzt, warum Till ihm im Vorfeld nichts gesagt hatte, denn so einer Prozedur hätte er mit Sicherheit nicht zugestimmt. Er konnte deutlich fühlen, wie sein Magen sich immer mehr füllte und sein Bauch immer praller wurde. Lange dauerte es nicht, bis Ethan bewusst wurde, dass nicht mehr viel fehlen konnte, bis es ihn innerlich zerriss. Schreiend zerrte er an den Fesseln, konnte sich jedoch keinen Millimeter rühren.
„Ruhig weiter atmen! Gleich wird es besser“, erklärte Till und im selben Moment verschwand Ethans Panik.
Ein wohliges Gefühl breitete sich in ihm aus, sein Blick wurde glasig und die Widerwehr erstarb.
„Sehr gut…“, stellte Till zufrieden fest und erhöhte noch einmal die Durchflussleistung.
Ethans Haut begann sich schwammig aufzublähen und gab somit der schnell wachsenden Körperfülle Raum.
Nach zwölf Stunden hatte sich sein Körpergewicht auf weit über 200 kg ausgedehnt, jedoch begann es nun, aus seinem Bauch heraus schwach zu leuchten. Je mehr Masse er zulegte, desto stärker wurde das Licht, bis sich wieder ein Netz aus leuchtenden Adern unter seiner Haut entlang zog.
Till benachrichtigte den Professor, jedoch war es Alexander, der kurz darauf das Labor betrat. Wie eine Raubkatze umkreiste Till den schnaufenden Fleischberg in der Mitte des Raumes.

„Das Licht kommt von den Kristallen von Mr. Decker. Ich habe den Bericht gelesen, aber was bedeutete das für dieses Projekt?", fragte er unsicher und vermied es Alexander anzusehen.

Dieser musterte die Szene einen Moment und trat dann an das Kontrollpult, um sich Ethans Vitalwerte anzusehen.

„Es bedeutet, dass sie die Leistung noch mal um dreißig Prozent steigern können. Durch die „Kristalle", wie sie es nennen, ist sein Körper deutlich belastbarer", erklärte Alexander.

Till schloss grinsend die Augen. „Das ist mehr, als ich zu hoffen gewagt habe…", er trat dichter an Alexander heran. „Was halten sie davon, hier zu bleiben und mir ein wenig Gesellschaft zu leisten. Wir könnten eine Menge Spaß zusammen haben", erklärte er und strich mit einer Hand sanft über den Rücken des Sekretärs.

„Ich sagte ihnen schon, für so etwas stehe ich nicht zur Verfügung. Ich muss dem Professor Bericht erstatten. Halten sie mich auf dem Laufenden, was die Vitalwerte von Mr. Lane angeht. Bleiben diese trotz der Erhöhung konstant, können sie noch einmal um fünf Prozent anheben. Aber übertreiben sie es nicht. Ist der Prozess erfolgreich abgeschlossen, komme ich wieder und nehme die Proben, die für ihren Wunsch bezüglich der Aufwandsentschädigung benötigt werden", erklärte er sachlich.

„Man kann sie auch mit nichts aus der Reserve locken, oder? Sie sind so emotionslos wie ein Toaster. Man könnte fast glauben, sie seien ein missglückter…"

Till stockte in seiner plötzlichen Erkenntnis und starrte Alexander mit größer werdenden Augen an.

„Es gibt Gedanken, die sind zu gefährlich, um sie bis zum Ende zu verfolgen.

Tun sie sich den Gefallen und brechen diesen hier ab. Konzentrieren sie sich lieber auf ihre Aufgabe", erklärte Alexander gelassen und deutete auf Ethan.
Er wartete nicht, ob Till sich noch zu einer Antwort durchrang und verließ das Labor.

09 - Nährstoffe

Nach weiteren 48 Stunden hatte Ethan ein Gewicht von 598 kg erreicht. Es juckte Till in den Fingern, auch noch die 600 zu knacken, jedoch wusste er, dass diese zwei Kilo schon reichen konnten, um den Erfolg des Projekts zu gefährden. Schweren Herzens leitete er die Entschlackung ein, die noch einmal zwei Tage in Anspruch nahm.

Ethan erwachte in seinem eigenen Bett und wieder lag Till an seiner Seite.

„Hey Schlafmütze… na wie fühlst du dich?", fragte dieser und gab ihm einen sanften Kuss.

„Ich… habe Muskelkater… den schlimmsten meines Lebens…", gab Ethan stöhnend zurück, nachdem er versucht hatte, sich an seinen Freund zu kuscheln.

„Das ist normal. Noch etwas? Kannst du dich an irgendwas erinnern?", hakte Till nach.

„Nein… es ist alles irgendwie verschwommen. Ich weiß noch, dass wir in dein zweites Labor gegangen sind und da ein Stuhl mitten im Raum stand… ist was schiefgelaufen?", wollte Ethan wissen und versuchte sich aufzusetzen, um seinen Körper zu untersuchen.

Zu seiner Erleichterung konnte er nicht die geringste Veränderung feststellen.

„Es hätte nicht besser laufen können! Du bist ein erstklassiges Versuchskaninchen", gab Till lachend zurück. Ethan boxte ihn gegen die Schulter und schleppte sich aus dem Bett, um duschen zu gehen. „Du hast doch bestimmt Hunger. Was hältst du davon, wenn ich uns erstmal ein reichhaltiges Frühstück zaubere?", rief Till ihm nach.

Ethan hatte tatsächlich das Gefühl, seit Tagen nichts gegessen zu haben. Sein Magen fühlte sich unangenehm hohl an und Tills Angebot klang überaus verlockend.
„Lass mich nur erst kurz nach meinen Cyanos sehen. Gib mir eine Stunde. Okay?"
„Klingt nach einem guten Plan! Sei pünktlich, sonst werden die Eier kalt und niemand will kalte Eier!"
Ethan lachte und drehte das Wasser der Dusche an. Das warme Nass entspannte seine Muskulatur und gab ihm neue Energie.
Als er eine viertel Stunde später sein Labor betrat, konnte er kaum glauben, was er dort sah. Alle drei Cyanokugeln hatten einen enormen Wachstumsschub erlebt. Blue hatte seine Masse verdoppelt und war damit immer noch der Kleinste. Sina füllte bereits ihren kompletten Tank aus, während Asto den Deckel gesprengt hatte und oben überquoll.
Fluchend machte Ethan sich daran, die drei provisorisch in größere Becken unterzubringen und Alexanders Aufzeichnungen der letzten Tage zu prüfen, damit er verstand, was hier passiert war. Schnell musste er feststellen, dass er selbst einen Fehler bei der Berechnung der Nährstoffzufuhr gemacht hatte. Was ihn aber am meisten überraschte, waren die Angaben in der Tabelle der Zusatzstoffe. Obwohl kaum noch Mandragoranuss-Pulver übrige gewesen war, hatte Alexander die falsch veranschlagte Menge von 200 g, statt 2 g pro Kultur beigefügt. Er musste also Nachschub von Professor Zade dafür bekommen haben.

Das Öffnen der Labor Tür riss Ethan aus seinen Gedanken. „Du bist zu früh! Ich kann hier noch nicht weg, es ist was schief gelaufen… gib mir noch ähm… eine Stunde, dann bin ich ganz für dich da!", rief er mit einer nach hinten wedelnden Handbewegung, ohne sich um zu drehen.

„Es ist immer schön, erwartet zu werden", hörte er die Stimme des Professors hinter sich.

„Verdammte Scheiße!", entfuhr es ihm, während er sich erschrocken umwandte.

„Entschuldigen sie Professor. Ich habe mit Mr. Diba gerechnet. Was kann ich für sie tun?"

„Ich wollte mir einmal persönlich den Stand ihrer Arbeit ansehen. Außerdem habe ich ein Anliegen. Aber der Reihe nach. Womit beschäftigen sie sich gerade?", fragte er und warf einen Blick auf Ethans Unterlagen.

„Sie kommen leider gerade wirklich ungelegen. Ich habe einen riesigen Fehler gemacht und…", setzte Ethan an, jedoch fiel ihm der Professor ins Wort.

„Aus vermeintlichen Fehlern können manchmal die größten Erfindungen hervor gehen. Bitte, erklären sie mir ihr Projekt. Ich kenne ihre Aufzeichnungen aus der Datenbank, würde aber gern einmal aus ihrem Mund hören, was sie sich dazu gedacht haben."

Ethan atmete einmal tief durch und fing dann an, seine Therapieansätze zur äußeren Wundheilung zu erklären, wie er es neulich auch schon bei Till getan hatte, befolgte aber dessen Rat und verwendete statt der Namen die Projektnummern der Cyanokulturen. Professor Zade hörte aufmerksam zu, in seinem Gesicht war jedoch nicht zu erkennen, was er darüber dachte.

„Sie sollten mehr Zeit in die Anwendungsmöglichkeiten der toxischen Kultur stecken", schlug er schließlich vor und Ethans Magen verkrampfte sich schlagartig.

Dieser Vorschlag ließ ihn zwangsläufig an seine letzte Unterhaltung mit Wilson denken.

„Mir ist völlig egal, was mehr Geld einbringt. Ich arbeite hier an einer Therapie- und Heilmethode für Opfer von thermischen und chemischen Verbrennungen.
Nicht an einer Waffe!"
Das Ganze platzte deutlich energischer aus Ethan heraus, als er es beabsichtigt hatte. Der Professor hob nur eine Augenbraue und schwieg, als sei dies schon Antwort genug. Als Ethan darauf jedoch nicht reagierte, erklärte er seine Gedanken.
„Man sagte mir, sie seien brillant darin, Zusammenhänge zu erkennen. Bisher finde ich sie nur überdurchschnittlich naiv. Ihr Idealismus in allen Ehren, aber sie vergessen einen wichtigen Faktor: die grausame Fantasie von Menschen, die nach Macht streben. Wenn sie die Einsatzmöglichkeiten als Waffe nicht erforschen, Mr. Lane, dann wird es ein anderer tun. Ihre einzige Chance besteht darin, von vorn herein ein Gegenmittel parat zu haben, sonst erwartet sie das gleiche Schicksal wie Einstein mit der Atombombe."
Ethan ließ sich fassungslos auf den nächst besten Stuhl fallen. Das war tatsächlich ein Aspekt, an den er noch nicht gedacht hatte.
„Danke für den Hinweis…", gab er matt zurück.
„Bis ich einen Weg gefunden habe, die Mandragoranüsse durch etwas anderes zu ersetzen, brauche ich an eine Massenproduktion sowieso noch nicht zu denken. Aber ich werde mir ihren Ratschlag zu Herzen nehmen und daran arbeiten."
Der Professor nickte knapp. „Kommen wir nun zu meinem Anliegen. Die Pflanze stirbt, deshalb benötige ich ihre Hilfe."
„Welche Pflanze?", fragte Ethan verwirrt, mit den Gedanken immer noch bei seinem eigenen Projekt.

Als ihm die Antwort im nächsten Moment von selbst bewusst wurde, sprang er so ruckartig von seinem Stuhl auf, dass dieser nach hinten umfiel.

„Was…?! Die Riesenmandragora…? Wieso…? Was ist passiert?!"

Ein wenig überraschte es Ethan selbst, wie sehr ihn diese Nachricht erschütterte. Der Professor zögerte und wies mit einer Handbewegung, ihm zu folgen.

„Seit der letzten Ernte mit ihnen nimmt sie keine Nährstoffe mehr auf, die ich der Lösung in ihrem Tank zuführe. Ich habe sämtliche äußeren Parameter variiert, aber nichts hat zu einer Verbesserung ihres Zustandes geführt", erklärte Zade auf dem Weg in sein Labor.

Als Ethan schließlich wieder vor der Glastür zu der riesigen Alraune stand, stockte ihm regelrecht der Atem. Sämtliche Blätter hatten trockene braune Ränder und dunkle Flecken wie bei einer Pilzinfektion.

„Haben sie es über den Carnivoren Aufnahmeweg versucht? Mit Versuchstieren oder diesen menschlichen Clonen?", fragte Ethan, während er durch die Scheibe starrte.

„Natürlich… sie nimmt nichts davon. Sie war schon immer sehr wählerisch, was ihre Beute angeht", erklärte der Professor, der nun dicht hinter Ethan stand.

Diesem begann es langsam zu dämmern, worin seine Rolle bei der erbetenen Hilfe bestehen sollte.

„So was wie ethische Bedenken kennen sie nicht oder?"

Ein nicht gerade kleiner Teil von ihm wollte sich einfach umdrehen und das Labor verlassen. Sollte dieses übergriffige Unkraut doch eingehen! Doch je länger er zögerte, desto mehr überwog die Faszination des Botanikers für diese einzigartige Schöpfung. Das letzte Mal hatte er keinerlei Schaden dabei erlitten, den Verdauungstrakt der Mandragora zu passieren.

Aber wegen seiner Panik hatte er auch nichts davon wirklich wahrgenommen.

„Welche Nährstoffe benötigt sie? Soll ich etwas essen, trinken oder an einen Tropf?", fragte Ethan.

Der Professor schüttelte nur grinsend den Kopf.

„Da sie Teil von Mr. Dibas Projekt waren und, soweit ich informiert bin, auch die Nährstoffdrinks regelmäßig zu sich genommen haben, sollten sie mit allem ausgestattet sein, was die Pflanze benötigt."

Ethan fuhr herum und starrte Zade fassungslos an.

Er wollte fragen, wie das gemeint war, aber tief im Inneren kannte er die Antwort bereits.

„Ich bringe diesen Bastard um!", zischte er, wandte sich wieder zur Glastür und betätigte den Öffner.

„Und sie?! Sie haben wirklich gar keine Skrupel, oder?! Ich mach das, aber nicht für sie, sondern für die Mandragora! Sie ist das schönste Geschöpf, das ich in meinem ganzen Leben gesehen habe! Ich lasse nicht zu, dass sie in diesem Keller stirbt!", fluchte Ethan, während er bereits zur Treppe marschierte und seinen Kittel von den Schultern zog.

„Wenn das hier durch ist, will ich ihre Aufzeichnungen sehen. Ich will wissen wie sie gezüchtet wurde!"

Der Professor nickte langsam, während er Ethan zufrieden beobachtete.

„Als wenn deine Wünsche eine Relevanz hätten…", fügte er leise hinzu und trat dann ebenfalls in die Halle, um besser sehen zu können.

Ethan legte oben auf der Plattform den Rest seiner Kleidung bis auf die Unterwäsche ab. Natürlich war ihm klar, dass auch diese zersetzt werden würde, aber im Moment fühlte er sich so wohler. Die Pflanze reagierte bereits wieder mit ihrem pulsierenden Leuchten auf ihn, jedoch wartete Ethan diesmal nicht auf die Fangarme, sondern sprang vorher über das Geländer.

Wie beim letzten Mal stellten sich sofort die riesigen fleischigen Kronenblätter um ihn zu einem Kelch auf und sonderten ihr Sekret ab. Auch wenn er aufgeregt war, verspürte Ethan diesmal keine Angst. Er nahm sich die Zeit, alles genau zu beobachten.

Die schlangenartigen Bewegungen der Bandagenblätter am Kesselgrund waren unglaublich und seinem Wissen nach einzigartig im Pflanzenreich. Sanft ließ er die Finger über die aufgestellten Blätterwände gleiten.

Er spürte jede Pore und das Sekret, welches sie aussonderten, lief über seine Hände. Geruch, Farbe und Konsistenz erinnerten ihn an Honig. Als er mit einer Fingerspitze auf die Zunge tippte, konnte er sich ein Grinsen nicht verkneifen. Es schmeckte auch so.

Die Bandagenblätter hatten ihn bereits bis zur Hüfte eingewickelt. Sie waren fest und zäh wie endlose Schilfgräser. Wieder holte er einmal tief Luft, bevor die Blätter auch seinen Kopf umschlangen. Er spürte, wie seine Beine bereits in die enge Öffnung im Zentrum der Pflanze gesogen wurden. Es überraschte ihn, dass ihm der Luftmangel während dieser Prozedur diesmal keine Probleme bereitete. Das Prickeln, als seine restliche Kleidung zersetzt wurde, fühlte sich angenehm an.

Er wusste, es würde ihm nicht schaden. Wie auch beim letzten Mal, schoben sich hohle Ranken in Mund und Nase. Das warme Sekret, welches nun in seine Lungen rann trieb ihm den Puls reflexartig nach oben, jedoch bemühte er sich trotzdem, die Flüssigkeit gleichmäßig zu atmen. Die Innenwände der Wurzel bewegten sich pulsierend, was ihn auf angenehme Weise stimulierte. Ein wohliges Gefühl von Wärme und Geborgenheit breitete sich in ihm aus und legte sich wie ein weicher Nebel um seinen Verstand.

Professor Zade klatschte leise Beifall, bevor er sich umwandte und zu den Kontrollgeräten trat. Schon jetzt war ein deutlicher Anstieg bei der Nährstoffaufnahme zu erkennen, was ihn erleichtert aufatmen ließ.

Auch nach drei Stunden waren immer noch alle Werte im optimalen Bereich und Zade erlaubte es sich, langsam auf Erfolg zu hoffen, auch wenn er wusste, dass es dafür noch viel zu früh war. Die Mandragora hatte sich wieder sichtbar erholt. Auch wenn die vertrockneten Kanten blieben, waren die Blätter wieder voller Vitalität und glänzten in saftigem Grün. Die Wurzelhülle hatte sich so eng an Ethans Körper geschmiegt, dass man die menschlichen Konturen auch von außen deutlich erkannte. Je mehr Zeit verstrich, desto definierter wurden diese. Nach zwölf Stunden begannen seine Gliedmaßen sich langsam von der Hauptwurzel zu lösen und auch die Gesichtszüge zeichneten sich immer stärker ab. Der Professor gönnte sich keine Pause, denn dies war es, worauf er sein Leben lang hingearbeitet hatte und er wollte keine Sekunde davon verpassen.

Ein Tag war vergangen, als es in Ethans Bauch golden zu leuchten begann. Das Licht wurde stärker und vermischte sich mit dem pulsierenden Blau der Pflanze zu einem kräftigen Grün, welches sich bald als feines Netz durch die ganze Mandragora zog. Die knorrige Wurzelhaut legte sich immer glatter über den eingeschlossenen Körper. Dies war das erste Mal, dass eine Verbindung so lange problemlos gehalten hatte. Zade wusste nicht, wie viel Zeit der gesamte Prozess benötigte, aber er war sich sicher, dass es nicht mehr lange dauern konnte, bis seine wunderschöne Schöpfung im Tank die Augen aufschlug.

Nach dreißig Stunden begannen sich die Werte jedoch plötzlich zu verschlechtern. Der Professor stürzte zu seinem Kontrollpult und wollte dem Hormonungleichgewicht gegensteuern, als der Laboralarm ansprang.
Er sah auf und entdeckte eine blaue gelartige Masse die sich unter der geschlossenen Tür hindurch quetschte und in Richtung des Tanks drängte. Zade blieb das Herz stehen und er brauchte einen Moment, um seinen Schock zu überwinden. Kurz bevor die Cyanokultur die Mandragora erreichte, bekam er sie zu fassen und versuchte, sie in einen verschließbaren Behälter zu stopfen. Ein weiterer Alarm ließ ihn aufhorchen und im nächsten Moment begann die Mandragora krampfartig zu zucken.
Hilflos musste er mit ansehen, wie die Wurzelhaut aufquoll, als sie sich von Ethan löste, bis sie ihn schließlich wieder ausspie.
Zade brüllte vor Wut und Verzweiflung. Er warf den Behälter mit der Cyanokultur beiseite und stürzte sich auf Ethan, der würgend das Pflanzensekret aus seiner Lunge erbrach. Er packte ihn am Schopf und riss seinen Kopf in den Nacken.
„Was hast du getan?! Du und deine verdammten Bakterien! Ihr habt alles ruiniert!"
Ethan zitterte am ganzen Körper und rang schwer nach Luft.
„Es tut so weh… wir sind zerrissen…", stammelte er und seine Augenlider flackerten, während sein Blick ziellos durch den Raum glitt. Seine Iris hatte sich von dunkelbraun zu einem kräftigen Goldton aufgehellt. Als er den Professor erkannte, wurde sein Blick starr und er packte ihn am Kragen.

„Du weißt es… du hast es auch gespürt… du bist ein Teil von uns…", raunte er, während er die gelbbraunen Augen des Professors musterte.

Zade stieß ihn von sich und trat ihm wütend in die Seite.

„Lass diese Mätzchen! Du sträubst dich immer noch zu sehr! Sieh, was du angerichtet hast!", brüllte er und deutete auf die Mandragora.

Die riesige Pflanze war wieder völlig in sich zusammengesackt. Die Blätter hingen schlaff und gelblich herab, eins war sogar gänzlich verwelkt und am Ansatz abgebrochen.

„Nein… du bist es, der uns tötet…", keuchte Ethan und versuchte sich aufzusetzen.

Blue war wieder aus dem Behälter gekrochen und schmiegte sich an Ethans Bein wie eine riesige Nacktschnecke.

„Seit du auf diese Insel gekommen bist, ging alles nur noch Berg ab. Du bist nichts weiter als eine neue Enttäuschung! Ein weiterer Fehler!", fluchte Zade.

Nun zeigte sich auch Wut in Ethans Gesicht.

„Dein Drang alles kontrollieren zu müssen ist es, der uns tötet! Einen weiteren Fehlversuch überleben wir nicht, aber du bist zu engstirnig, um auf jemand anderen als dich selbst zu hören!", schrie Ethan und Tränen rannen über seine Wangen.

Der Professor fixierte ihn mit eisigem Blick. Blanker Hass sprach aus seiner Mimik, als er vorpreschte und Ethan so hart gegen den Schädel trat, dass dieser das Bewusstsein verlor.

Zade musste ein paarmal tief durchatmen, um innerlich soweit zur Ruhe zu kommen, dass er in sein Labor gehen und das Funkgerät holen konnte.

„Lorenzo, hörst du mich? Es gab einen erneuten Fehlschlag. Ich bin fertig mit ihm. Du kannst ihn haben und sorg dafür, dass Markes ihn anschließend restlos verschwinden lässt. Ich will nichts mehr von ihm oder seinem Projekt auf dieser Insel sehen!"

10 - Fehleranalyse

Ethan kam auf der Krankenstation wieder zu sich. Kaum, dass er die Augen aufschlug und das Licht der Deckenlampen hineinfiel, trafen ihn dröhnende Kopfschmerzen mit der Gewalt eines Vorschlaghammers und er rollte sich stöhnend auf die Seite. Obwohl er die Augen geschlossen hatte, explodierte ein Blitzgewitter aus Bildern und Erinnerungen vor seinem Geist, die er jedoch nicht zuordnen konnte. Eine sanfte Stimme neben ihm riss ihn aus seinen Gedanken.
„Machen sie langsam… wie geht es ihnen? Kann ich irgendetwas für sie tun?"
Er kannte diese Stimme. Langsam drehte Ethan sich um und versuchte, noch einmal die Augen zu öffnen, nur einen Spalt, damit die Kopfschmerzen nicht zu schlimm wurden. Er sah einen Kreuzanhänger auf dunklem Stoff.
„Lorenzo? Was ist passiert… mein Kopf tut furchtbar weh… Wo ist Markes, kannst du ihm bitte sagen, dass er herkommen soll?", fragte er matt.
Der Angesprochene schwieg lange bevor er antwortete.
„Er ist gerade beschäftigt, du kennst das ja. Aber… sag, wie läuft es mit deiner Forschung? Du erinnerst dich? Diese riesige Pflanze… wie hast du sie doch gleich genannt?"
Ethan versuchte seine Gedanken zu ordnen. Eine Pflanze? Sein Forschungsgebiet waren doch keine Pflanzen. Aber woran forschte er eigentlich? Forschte er überhaupt? Er erinnerte sich an eine Werkstatt. Der Geruch von geschmolzenem Metall und das Zischen von hydraulischen Druckpressen.
„Ich weiß nicht, wovon sie da reden Professor Satorie. Was soll diese Scheiße hier? Ich muss wieder in meine Werkstatt. Hatte ich einen Unfall? Unfall…".

Ethan stockte, da ihm plötzlich etwas Wichtiges einfiel. Er stemmte sich hoch, um Satorie anzusehen.

„Tailor! Dieser Idiot will ein Selbstversuch mit seinen ekligen Viechern starten. Das wird ihn umbringen. Sie müssen…", sein Blick fiel auf den großen blauen Gelhaufen am Fußende seines Bettes.

„Verflucht, was ist das?!", platzte es aus ihm heraus, während er versuchte Abstand zu diesem Ding zu gewinnen.

Die Kopfschmerzen dröhnten so heftig, dass ihm übel wurde.

„Blue… wie kommst du aus deinem Tank?", fragte er und begann sich die Schläfen zu massieren.

„Interessant… Wirklich überaus faszinierend", hörte er Satorie neben sich leise im Selbstgespräch, bevor er mit festerer Stimme weitersprach.

„Mr Lane… Ethan! Sehen sie mich bitte an."

Ethan folgte der Aufforderung, auch wenn es ihm schwerfiel, die Augen offen zu halten.

„Sie hatten einen kleinen Laborunfall. Nichts Schlimmes, machen sie sich keine Sorgen. Hier sind ein paar Tabletten, die ihnen gegen die Kopfschmerzen helfen werden."

Er legte ihm zwei kleine weiße Pillen auf die Handfläche und reichte ihm ein Glas Wasser dazu. Ethan schlucke sie, ohne weiter nachzufragen. Alles, was gegen diese fruchtbaren Schmerzen helfen konnte war ihm recht.

„Ethan, dieser blaue Klumpen am Fußende. Können sie mir sagen, was das ist und warum es sich nicht in ihrem Labor befindet?", fragte Satorie sofort, als Ethan sich wieder im Bett zurückgelehnt hatte.

„Blue ist eine Cyanobakterienkultur. Seine Bewegungen werden telepathisch gesteuert. Jemand muss ihn dazu animiert haben. Anders geht es nicht."

Das Blitzgewitter in seinem Schädel ebbte langsam ab, sodass es Ethan leichter fiel, an den Gedanken um seine Forschung festzuhalten.

„Was ist mit den beiden anderen Kulturen? Sind sie noch in ihren Becken?", fragte er und streckte eine Hand nach Blue aus.

Ein leichtes Zucken ging durch den Gelhaufen und langsam begann er über die Decke zu kriechen, bis er Ethans Hand erreichte und sich unter sie schmiegte wie ein treues Haustier.

„Ja sind sie, machen sie sich keine Sorgen. Sie sollten jetzt ein wenig schlafen, das wird ihnen guttun. Ich lasse sie eine Weile alleine und komme später noch einmal vorbei. Sollten die Kopfschmerzen wieder schlimmer werden, nehmen sie noch eine Tablette", erklärte Satorie und tätschelte ihm dabei die Schulter. Ethan nickte knapp und streichelte weiter Blue, der nun als großer platter Fladen auf seiner Decke lag.

Professor Satorie verließ die Krankenstation und ging auf direktem Weg zurück ins Kellerlabor, wo sein Kollege immer noch fluchend versuchte, mit verschiedenen Nährstoffen die Vitalwerte seiner Pflanze wieder zu verbessern.

„Er ist wach und ich konnte mich kurz mit ihm unterhalten", begann Satorie, der vor Aufregung über das ganze Gesicht grinste.

„Das ist mir vollkommen egal! Siehst du nicht, dass ich beschäftigt bin?!"

Satorie ignorierte dies und sprach einfach weiter.

„Gleich als er aufgewacht ist, nannte er mich beim Vornamen, als würden wir uns gut kennen und bat mich Markes zu holen, nicht seinen Freund Till, sondern einen Gründer dieser Einrichtung, den er nie getroffen hat."

Zade stockte bei diesen Worten und sah Satorie mit starrem Blick an.

„Wie meinst du das?", fragte er schließlich.

„So wie ich es sage, mein Freund. Als nächstes sprach er über seinen Kumpel Tailor und seine Arbeit in der Werkstatt."

Zades Augen verengten sich zu Schlitzen.

„Wie ist das möglich?"

„Sag du es mir…", forderte Satorie und sah durch die Glasfront auf die halb vertrocknete Mandragora.

Zade folgte seinem Blick, schüttelte dann aber energisch den Kopf.

„Das kann nicht sein. Ich müsste es auch wissen, wenn sie…"

Satorie unterbrach ihn.

„Deine Verbindung zu ihr war nicht lange genug. Erinnere dich bitte! Nach dem letzten Versuch vor knapp drei Jahren habe ich dir schon einmal von meiner Theorie erzählt. Jeason Baker war hinterher stark ver-wirrt. Er sprach von Bildern, Fragmente aus Erinnerungen die nicht seine waren, jedoch zu schemen-haft, um sie beschreiben oder ordnen zu können.

Leider fehlte mir damals die Zeit, es genauer zu untersuchen", erklärte er aufgeregt.

„Sie kopiert die Persönlichkeiten ihrer Wirte… Nach der Abstoßung sprach Lane von sich in der Mehrzahl.

Ich dachte, er bezog sich damit nur auf seine Verbindung zu ihr. Mir ging es damals genauso und ich habe bis heute das Gefühl, dass sie ein Teil von mir ist…" Zade zuckte zusammen und verstummte einen Moment, bevor er das Thema wechselte und weiter-sprach.

„Im Testdurchlauf hat sie ausgesprochen gut auf Lane reagiert. Ich war mir sicher, dass diesmal die Parameter stimmen. Ich habe alle Fehler, die zu den letzten Abstoßungen geführt haben ausgebessert. Bei den ersten beiden tieferen Verbindungen waren damals kaum Modifikationen der Versuchspersonen nötig. Lediglich die Aufnahme der Früchte, um eine Basis herzustellen. Aber jetzt ist sie so geschwächt... sie braucht viel mehr Nährstoffe und kann Defizite des Wirtes nicht mehr ausgleichen. Ich weiß nicht mal, ob sie einen weiteren Testlauf für einen neuen Kandidaten übersteht! Ich habe gut ein Kilo ihrer Früchte über diese Trinkflaschen an Lane verfüttert! In ihrem Zustand bekomme ich so eine Menge nicht noch einmal zusammen. Sie stirbt Lorenzo und ich weiß verdammt noch mal nicht, was ich noch tun kann!"

Er schlug mit der Faust auf den Rand des Kontrollpults vor sich und klammerte sich dann zitternd daran fest, um auf den Beinen zu bleiben. Satorie klopfte ihm sanft auf die Schulter.

„Weißt du denn, warum es wieder zu einer Abstoßung kam?", fragte er vorsichtig.

„Ja... wegen dieser verdammten Cyanokulturen. Und ich fürchte, es war meine eigene Schuld. Ich habe zugelassen, dass er für ihre Herstellung die Früchte der Mandragora verwendet hat. Sie sind damit ebenso stark angereichert wie Lane selbst. Irgendwie muss es eine Anziehungsreaktion gegeben haben.

Vermutlich hat Lanes Verstand sich so stark gegen die Verbindung gesträubt, dass er seine Erfindung telepathisch zu Hilfe gerufen hat. Diese Irritation führte dann zu einer Abstoßung."

Satorie nickte langsam, während er darüber nachdachte.

„Gut… ich hätte da eine Idee. Wenn du mich fragst, besteht das Problem mit deiner Versuchsperson darin, dass ihr Kopf zu voll ist. Für den Moment habe ich ihm ein paar Tabletten gegeben, die seine eigene Persönlichkeit fixiert und die fremden Stimmen in seinem Kopf zum Schweigen bringt. Allerdings ist das nur eine sehr kurzfristige Lösung. Die Pillen wirken nicht lange und je mehr man davon nimmt, desto weniger helfen sie.
Für Markes ist es ein Leichtes, die mentale Festplatte komplett leer zu fegen. Allerdings werde ich vorher schon ein bisschen für Ruhe dort sorgen, denn wir wollen ja nicht, dass Geister zu unserem alten Freund sprechen und Fragen aufwerfen, die wir so mühevoll begraben haben. Nicht wahr?"
Zade nickte nachdenklich und starrte durch die Scheibe.
„Es muss das nächste Mal funktionieren. Koste es, was es wolle!"

11 - Todestag

Unruhig wälzte sich Ethan in seinem Krankenbett von einer Seite auf die andere. Zwar waren die Kopfschmerzen fast vollständig abgeklungen, jedoch ließ ihm die Ungewissheit, was in seinem Labor passiert war, keine Ruhe. Zusammen mit Blue machte er sich schließlich auf den Weg dorthin.

Im Labor fiel sein Blick sofort auf den zerbrochenen zylindrischen Glas-Tank, in dem er Blue aufbewahrt hatte. Auch die anderen beiden Cyanokulturen wirkten in ihren Behelfstanks recht unruhig, als suchten sie ebenfalls einen Weg zu entkommen.

„Verrückt... Hast du deinen Tank etwa selbst umgestoßen?", fragte er mit Blick auf Blue.

Er prüfte die Überwachungsvideos der letzten Stunden und musste feststellen, dass seine Annahme tatsächlich richtig war. Ohne erkennbaren Grund waren alle drei Kulturen plötzlich aktiv geworden, jedoch hatte Blue es als einziger geschafft, seinen Behälter zu verlassen.

Als nächstes versuchte Ethan die blaue Masse in einem neuen Tank unterzubringen, wogegen diese sich aber mit dem vollen Potenzial ihrer formwandlerischen Möglichkeiten sträubte. Schließlich musste er es aufgeben und akzeptieren, dass Blue gerade lieber wie eine riesige Nacktschnecke an seinem Bein klebte.

Er merkte, dass die Kopfschmerzen wieder stärker wurden und entschied erstmal, eine Pause einzulegen. Um den Kopf ein wenig frei zu bekommen, machte er sich auf den Weg zum Gewächshaus. Während Ethan lief, löste sich Blue zwar von seinem Bein, folgte ihm aber wie ein reaktionsfreudiger Magnet und klebte wieder an ihm, sobald er stehen blieb.

Ethan steuerte direkt in die Halle für Moore und Feuchtwiesen, um dort seine Lieblingspflanzen zu besuchen.
Dass er stattdessen auf Dr. Dr. Takahagomito traf, ließ
seine Laune sofort metertief in den Keller sinken. Schnell
warf er einen prüfenden Blick über die Landschaft, um
zu kontrollieren, ob auch hier Erdlöcher ausgehoben
waren, jedoch schien alles unberührt.
„Ah, Mr. Lane! Gut, dass ich sie treffe", meldete sich der
Asiate ungewohnt freundlich.
Ethan biss sich auf die Zunge, um keine patzige Antwort
zu geben.
„Ich wollte mich bei ihnen für mein Verhalten neulich
entschuldigen. Es wäre sicher auch möglich gewesen an
die benötigten Erdproben zu kommen, ohne ihr Beet zu
zerstören. Die Arbeit hier stresst mich ungemein, weshalb ich mitunter vergesse, dass es noch andere
Menschen als mich selbst gibt."
Damit hatte Ethan nicht gerechnet, weshalb er den
kleinen Herrn vor sich nur überrascht anstarrte, anstatt
etwas zu erwidern. Dieser entdeckte nun Blue und trat
sofort einen Schritt zurück.
„Ähm… sie wissen, dass ihnen da etwas Blaues am Bein
hängt?", fragte er vorsichtig.
„Ja… Er ist Teil meiner Arbeit und bevor sie fragen,
nein, das ist keine Absicht und ich weiß bisher leider
auch nicht, warum er das tut", gab Ethan resigniert
zurück.
Sein Kopf begann wieder stärker zu schmerzen und er
zog aus seiner Hosentasche das kleine Tabletten-
döschen, welches ihm Satorie überlassen hatte. Ein
unangenehmes Schweigen entstand. Ethan wusste, dass
Takahagomito von ihm nun ebenfalls eine Entschul-
digung erwartete oder wenigstens, dass er seine
annahm, jedoch brachte er nichts davon über die

Lippen. Er konnte diesen arroganten Kastenteufel einfach nicht ausstehen, weshalb er weiter schwieg und seine Tablette schluckte.

„Nun… sie sind sicher beschäftigt, aber ich könnte trotzdem kurz ihre Expertise gebrauchen", ergriff Takahagomito schließlich das Wort.

„In meinem Gewächshaus ist eine Pflanze aufgetaucht, die ich nicht bestimmen kann. Vermutlich war sie in der letzten Lieferung Erde. Ich dachte, es könnte eine Orchidee sein, aber ich finde hier keine, mit der sie zu vergleichen ist. Nach der Zerstörung des Kräuterbeetes habe ich mir vorgenommen, etwas achtsamer zu sein. Wäre es eventuell möglich, dass sie einen kurzen Blick darauf werfen?"

„Wie sieht sie denn aus?", fragte Ethan, ohne sich vom Fleck zu bewegen.

„Nun ja… lange Blätter, die abwechselnd nach rechts und links abgehen. Seit letzter Nacht hat sie eine Blüte, groß und weiß. Wie ein Stern mit einem langen Faden hinten dran", erklärte der Doktor nachdenklich.

„Ein Stern von Madagaskar?! Sind sie sicher?!", platze es aus Ethan heraus.

„Ähm… nein, bin ich nicht. Darum brauche ich ja einen Fachmann", gab der Asiate zurück.

Takahagomitos Gewächshaus glich einer Mondlandschaft. Auf den ersten Blick entdeckte Ethan nicht eine einzige Pflanze, nur lehmigen Boden, der aufgerissen, umgeschichtet und zu Hügeln getürmt die ganze Halle füllte. Ihm zog sich der Magen zusammen, als er daran dachte, was hier wohl früher für eine Pflanzenpracht gestanden hatte. Überall im Boden steckten lange Metallstäbe mit blinkenden kleinen Geräten an der Spitze. „Vielleicht Sensoren, um die Bodenwerte zu messen", dachte Ethan und sah sich weiter um. Gerade wollte er nach der Pflanze fragen, als er sie weit hinten auf einem Schlammhügel entdeckte.

„Ich fasse es nicht… sie ist es wirklich! Haben sie eine Ahnung, wie selten sie ist?"

„Nein", gab Takahagomito knapp zurück, rang sich dann aber dazu durch, seine Antwort noch etwas weiter zu führen.

„Ich muss diesen Hügel heute noch umgraben. Wenn sie möchten, können sie das Gewächs gern vorher entnehmen. Sie wissen doch sicher, wohin man sie umpflanzen müsste."

Er stellte ihm ein paar Gummistiefel hin.

„Wenn sie graben, besorge ich einen Topf. Ich will nichts an ihr kaputt machen, ich habe für so was kein Händchen", erklärte er und wandte sich bereits in Richtung eines großen Wandschrankes.

Ethan nickte knapp, schlüpfte in die Stiefel und machte sich auf den Weg zu der Orchidee. Schnell musste er feststellen, dass dieses Unterfangen schwieriger war, als es zuerst aussah, denn der Boden war weich und morastig. Bis zur Oberkante der Stiefel versank er im braunen Schlick und hatte Mühe, die Füße wieder heraus zu bekommen. Bald kroch er mehr auf allen vieren, als dass er aufrecht ging. Er verstand nun langsam, warum der Doktor immer von oben bis unten voller Erde war, wenn er ihn traf. Blue hatte keine Probleme mit dem Untergrund, sondern glitt einfach darüber hinweg, ohne dass irgendetwas an ihm haften blieb. Ethan stockte vor der Orchidee. Sie sah nicht aus, als wäre sie wirklich in dieser Erde gewachsen.

Auch nicht, als sei sie versehentlich dort bei einer Lieferung hin gekippt worden. Irgendetwas stimmte hier absolut nicht.

In dem Moment, als er sich wieder umwandte, begann sich der Boden unter ihm schmatzend zu bewegen. Er sah zu Takahagomito, der Helm und Handschuhe übergezogen hatte, die mit zahlreichen Kabeln und Elektroden versehen waren. Eine gewaltige Welle aus Lehm baute sich hinter Ethan auf, schwappte über ihn und schüttelte ihn durch, wie einen Kieselstein in der Brandung. Er rang japsend nach Luft, als er sich aus dem Schlamm hochkämpfte. Nur wenige Meter trennten ihn noch von dem Asiaten, der nun zufrieden grinste.

„Ich habe davon gehört, dass du die Wichtigkeit von militärischer Forschung völlig verkennst! Menschen waren schon immer am kreativsten, wenn es darum ging, anderen möglichst wirkungsvoll Qualen zu bereiten. Denk nur an die Folterinstrumente des europäischen Mittelalters."

Während er sprach und dabei die Finger in seinen seltsamen Handschuhen zuckten, begann der lehmige Untergrund sich wieder zu bewegen. Links und rechts von Ethan hoben sich zwei baumstammartige Masten aus dem Boden. Ehe er begriff, was das zu bedeuten hatte, wurde er von festen Manschetten, die sich um seine Hand und Fußgelenke gebildet hatten, in die Luft gerissen und mit ausgestreckten Armen und Beinen zwischen den Masten fixiert. Diese begannen nun langsam sich auseinander zu bewegen.

„Meine Interpretation der Streckbank, wie findest du es?", fragte Takahagomito lauernd.

„Hören sie auf! Das ist doch vollkommen irre!", schrie Ethan mit schmerzerfüllter Stimme.

Der Asiate verzog missmutig das Gesicht.

„Ich denke, es ist mir angenehmer, wenn keine Worte mehr aus deinem Mund kommen."

Der Lehm der an Ethan klebte begann sich zusammen-zuziehen, floss zwischen seine Lippen, zwängte diese auseinander und bildete dort einen festen Ring, der seinen Kiefer weit aufgesperrt hielt.

„Viel besser… Mit dieser Erfindung braucht es keine große Folterkammer mehr. Hiermit ist es auf kleinstem Raum möglich, jedes Instrument, das ein Geist sich ersinnen kann, nachzubilden und einzusetzen. Der Fantasie sind keine Grenzen gesetzt. Sogar der Einsatz von Strom oder Wasser ist möglich", erklärte er und sofort wurde Ethan von einem starken elektrischen Schlag getroffen.

„Kleine Eisenpartikel, die im Lehm eingearbeitet sind. Du verstehst?"

Eine dünne Tonröhre erhob sich vor Ethan. Das obere Ende knickte leicht nach vorn, sodass er in die Öffnung sehen konnte, aus der ein feiner Strahl Wasser rann.

„Du erinnerst dich doch sicher noch daran, dass du mein Labor neulich geflutet hast. Ich denke, es ist nur fair, Gleiches mit Gleichem zu vergelten."

Quälend langsam näherte sich die Röhre. Ethan schrie und zerrte an den steinernen Fesseln. In seinem Nacken bildete sich eine Versteifung, die es ihm nicht mehr erlaubte, den Kopf zu drehen. Tränen rannen ihm über die Wangen, während Takahagomito nur grinsend vor ihm stand. Ein schmatzendes Geräusch war unter Ethan zu hören.

Im nächsten Moment tauchte Blue aus dem Lehm auf und kroch an seinem Schöpfer hoch. Bevor der Asiate realisieren konnte, was geschah, hatte Blue sich als dicke Schicht um Ethans Kopf und Oberkörper gelegt. Zwar konnte die blaue Masse nicht verhindern, dass das Tonrohr auf den Knebel traf, jedoch verstopfte sie die Öffnung und stoppte somit den Wasserfluss.

Ethan wusste, dass er auch durch die Gelschicht atmen konnte. Er selbst hatte es so entwickelt für den Fall, dass großflächige Wunden im Gesicht behandelt werden mussten. Takahagomito fluchte laut. Die Masten zogen noch einmal ruckartig auseinander und Ethan schrie vor Schmerzen. Im nächsten Moment löste sich der Ton jedoch von seinen Gelenken und Ethan fiel zu Boden. Noch bevor er sich aufrichten konnte, schwappte eine neue Welle Lehm über ihn und bildete eine Kuppel.
Er war nun in völliger Dunkelheit gefangen, konnte sich aber wieder normal aufrichten. Blue umschloss ihn noch immer schützend. Vorsichtig ließ er die Hände über das Kuppeldach gleiten. Es war rau und fest wie Stein.
Plötzlich kam Bewegung in den Ton. Langsam begann er sich zusammenzuziehen, bis Ethan nur noch rund dreißig Zentimeter in jede Richtung Platz hatte. Ein Stich im Rücken ließ ihn zusammenzucken und kurz darauf der nächste im Oberschenkel. Lange dünne Dornen wuchsen überall aus den Wänden und stoppten exakt an seiner Haut, sodass jede noch so kleine Bewegung ihn verletzte.
Von außen hatte der Ton die Form einer mit Blumenornamentik verzierten eisernen Jungfrau angenommen.
„Dies ist mein absolutes Lieblingsfolterinstrument und du hast die Ehre, es als erster zu testen", erklärte Takahagomito nun wieder zufrieden grinsend.
„Davor kann dich dein blauer Popel auch nicht beschützen und für den Fall, dass ich mich irre, kommen wir jetzt zum Finale."
Er bewegte seine behandschuhten Finger. Die Hülle der Jungfrau zog sich langsam weiter zusammen und Ethan konnte spüren, wie es immer wärmer wurde, während die Dornen nun tiefer in sein Fleisch trieben.

Er schrie vor Schmerzen, denn Blue schaffte es nicht, die Nadeln aufzuhalten. Kurz vor der erlösenden Ohnmacht nahm Ethan wahr, wie der schwindende Raum um ihn in gleißend goldenes Licht getaucht wurde. Das letzte was er vernahm war ein lauter Knall, bevor ihn erlösende Schwärze umfing.

Takahagomito stockte, als er ein leises Knirschen aus dem Gebilde vor sich vernahm. Er konnte sich nicht erklären, was dieses Geräusch verursachte. Vorsichtig trat er näher und legte eine Hand auf die glatte Oberfläche. Sie war angenehm warm. Alles war so, wie es sein sollte und wie er es sich vorgestellt hatte.
Nur dieses Knirschen, es wollte einfach nicht aufhören. Plötzlich entdeckte er einen feinen Riss und seine Augen weiteten sich. Das war etwas, was absolut nicht passieren sollte! Er riss die Arme nach oben, aber bevor sich eine neue Welle Lehm erheben konnte, ertönte ein ohrenbetäubender Knall. Takahagomito wurde zurückgeworfen. Er wollte sich wieder aufrichten, jedoch gelang ihm das nicht. Seine Hände tasteten über seinen Körper und fühlten scharfkantiges Gestein und klebrige Nässe, ohne dass sein Verstand dies begreifen konnte. Sein Blick verschwamm, da ihm etwas in die Augen lief und auch sein Mund füllte sich immer mehr mit Flüssigkeit. Jemand beugte sich über ihn und ein schwacher Funken Hoffnung keimte in ihm auf. Er wollte um Hilfe bitten, jedoch kam nur noch ein ersticktes Gurgeln aus seiner Kehle.

Satorie musterte den zuckenden, von Tonsplittern durchbohrten Körper des Asiaten.

„Wie kannst du mieser kleiner Abschaum es wagen…“, seine Stimme bebte vor Zorn und er hob den Blick, um nach Alexander zu sehen, der bei Ethan kniete.

Blue umschloss weiterhin Kopf und Torso, womit er auch die dortigen Verletzungen versiegelte. An den Armen und Beinen sickerte das Blut jedoch aus unzähligen Stichwunden.

„Er lebt, aber er sollte schleunigst behandelt werden.

Ich würde vorschlagen… in seinem eigenen Labor“, erklärte Alexander und hob ihn dabei vorsichtig vom Boden auf.

Satorie nickte und verpasste Takahagomito einen kräftigen Fußtritt in die Seite.

„Du kannst froh sein, dass deine Torheit nicht mehr Schaden angerichtet hat! Deine letzten Atemzüge solltest du nutzen und um Vergebung für deine Sünden beten!“

Noch einmal trat der Professor kräftig zu, bevor er sich abwandte, um das Labor mit Alexander zu verlassen. Ein gurgelndes Röcheln kam von Takahagomito und mit letzter Kraft riss dieser noch einmal die Hand nach oben. Tondornen schossen auf Satorie zu, jedoch warf Alexander sich in letzter Sekunde dazwischen.

Die langen Nadeln durchschlugen ihn von hinten und keuchend sackte der junge Mann auf die Knie. Der Professor hatte sich erschrocken umgedreht. Mit wenigen Schritten war er bei Takahagomito, konnte jedoch nur noch dessen Tod feststellen. Sehr zu seinem Leidwesen, denn für diese letzte Verfehlung hätte er ihn gern noch länger büßen lassen. Mit prüfender Miene trat er wieder zu Alexander, der gänzlich in sich zusammengesackt war. Einer der Dornen ragte aus seiner linken Augenhöhle.

Satorie pflückte den Augapfel von der Nadel, betrachtete ihn kurz und ließ ihn dann zu Boden fallen. „Hoch mit dir, Alexander! Bring ihn in sein Labor und melde dich dann bei Lutz. Soll er entscheiden, was mit dir geschieht. Ich werde erstmal dafür sorgen, dass dieser Dreck hier beseitigt wird und komme dann nach", erklärte Satorie und sah sich in dem Gewächshaus um.

Ein schwaches Zucken lief durch Alexander, dann kämpfte er sich keuchend auf die Beine hoch. Blut quoll aus seinen Wunden, dennoch hob er Ethan wieder hoch und setzte sich mit wankenden Schritten in Bewegung.

Im Labor angekommen, legte er ihn auf den Untersuchungstisch und holte die grüne Cyanokultur aus ihrem Becken, um sie auf den geschundenen Körper zu legen. Blue zog sich zurück und Alexander konnte ihn in seinen Tank mit Nährlösung bringen. Der junge Sekretär wandte sich ab und machte sich auf den Weg zu den Kellerlaboren. Immer wieder musste er Pausen einlegen, um sich an der Wand abzustützen, wobei er blutige Spuren hinterließ. Er ging vorbei an Professor Zades Labor, immer tiefer in den Keller.

An einem hohen Türrahmen blieb er schließlich stehen. Der Raum dahinter war riesig, was jedoch durch einen großen Mann in seiner Mitte relativiert wurde. Er stand mit dem Rücken zu Alexander und schlug mit einem schweren Hammer auf ein glühendes Stück Metall ein, dass die Funken flogen. Alles hier wirkte wie eine bizarre Mischung aus modernem Labor und mittelalterlicher Schmiedewerkstatt. Neben ihm auf einem massiven Tisch lag ein goldenes menschliches Skelett, durch das sich verschieden dicke Kabelstränge wie Blutbahnen wanden.

„Es ist Zeit, dass ich sterbe…“, brachte Alexander mit stockender Stimme hervor.

Nur ein kurzes Zucken lief durch den Riesen, jedoch unterbrach er seine Arbeit nicht.

„Warum willst du dies zu meinem Trauertag machen?“, fragte er und ein leichtes Zittern schwang in seiner tiefen grollenden Stimme mit.

„Dein Trauertag war bereits, als ich zum ersten Mal meine Augen aufschlug. Ich weiß, dass du es nicht erträgst, mich anzusehen. Vermutlich nicht mal, meine Stimme zu hören, dennoch kann ich es dir nun nicht mehr ersparen. Es wird Zeit, dass du mich endgültig gehen lässt.“

Alexander verlor den Halt und stürzte gegen ein kleines Tischchen mit Werkzeug. Klirrend schlitterte ein Skalpell bis zu den schweren Stiefeln des Mannes, der nun ein paar Mal tief durchatmete, um sich für den Anblick zu wappnen.

„Kein Grund, so ausfallend zu werden“, knurrte er, legte seinen Hammer beiseite und drehte sich um.

Er erstarrte und griff nach der Tischkante, um nicht den Halt zu verlieren. Alexander atmete schwer und blutige Tränen rannen aus seinem zerstörten Auge.

„Wie lange ist es her? Du bist keinen Tag gealtert…“, keuchte der Mann fassungslos.

„Ich habe sehr viel Zeit mit dem Versuch zu gebracht, mich zu erinnern. Jedoch erfolglos. Ich weiß nicht, was Liebe ist und wie sie sich anfühlt. Ich spüre keine Trauer oder Angst. Keine Reue. Und doch konnte ich beobachten, dass ich die Nähe von einigen Personen öfter suchte als von anderen. Ein junger Wissenschaftler half mir vor kurzem etwas zu verstehen, als wir uns über den Einsatz von Clonen unterhielten.

Er sagte, nur weil sie nicht in der Lage sind Schmerzen zu zeigen, heißt es nicht, dass sie diese nicht in irgendeiner Form spüren können. Ich denke damit hat er recht…"

Alexander tat ein paar flache Atemzüge, bevor er weitersprach.

„Auch wenn ich es nicht mehr zeigen kann, ich liebe dich Markes."

Der Riese sackte keuchend auf die Knie. Er zitterte am ganzen Körper und brauchte einen Moment, um seine Sprache wiederzufinden.

„Was redest du da… du bist kein Clon, Alexander, das kannst du nicht vergleichen. Hast du vergessen, wie alles hier anfing? Lutz, Lorenzo, du und ich, wir haben das hier aufgebaut, um die Welt zu verbessern.

Um Menschen zu verbessern. Du hast mit deiner Forschung zur Bioprothetik den Grundstein gelegt. Vom Züchten ganzer Körperteile war es nur noch ein kurzer Schritt zu einem vollständigen Clon. Ich habe mit Biomechatronik allem Leben eingehaucht. Du wolltest alles selbst testen, dich immer weiter verbessern. Dabei warst du für mich von Anfang an perfekt…", er stockte kurz, da ihm die Stimme versagte und musste ein paarmal durchatmen, bevor er weitersprechen konnte.

„Irgendwann war so viel an dir verändert und ausgetauscht, dass du nur noch äußerlich der Mann warst, dem ich mein Herz geschenkt hatte. Wie konnte das nur passieren? Was ist aus uns geworden?", fragte Markes mit erstickter Stimme.

Tränen rannen über seine Wangen und versickerten in seinem Vollbart.

„Das was aus allen wird, die zu lange auf dieser Insel bleiben…", setzte Alexander an.

„Auch wenn die Intensionen irgendwann mal gut waren, …. mit dem, was wir hier erschaffen, verliert sich das immer mehr. Am Ende wird jeder von seiner Forschung verschlungen und wer es schafft, dies zu überleben, ist nicht mehr der, der er vorher war."
Er rang nach Luft.
„Es ist mir nicht möglich, dir zu erklären, was genau mit mir passiert ist. Ich habe Zugriff auf jede Information, die ich einmal erhalten habe, nur bei dieser einen Sache ist es, als würde etwas Wichtiges fehlen. Die Antwort ist irgendwo, jedoch nicht in meinem Schädel. Wie dem auch sei… Es ist meine letzte Bitte an dich… Lass diesen Körper hier jetzt ein Ende finden. Keine Reparatur mehr, keine Updates. Wenn du mich weiterleben lassen willst, dann in deiner Erinnerung."
Markes überwand das letzte Stück, welches ihn noch von ihm trennte und zog den Sterbenden in seine Arme. Ein letztes Zucken lief durch Alexander, bevor er reglos zusammensackte. Noch eine ganze Weile hielt Markes ihn im Arm, bevor er ihn behutsam mit dem Rücken gegen die Wand setzte, aufstand und zu seiner Werkbank zurück ging. Er nahm den Hammer und schlug erneut auf glühenden Stahl. Immer wuchtiger wurden seine Schläge und jeder Muskel in seinem Körper war angespannt. Er begann zu brüllen, während die Funken um ihn flogen. Kurz bevor seine Stimme versagte, schleuderte er den Hammer mit solcher Kraft von sich, dass dieser in der nächsten Wand stecken blieb.

12 - Chaos

Ethan wurde von eisiger Kälte geweckt, als hätte jemand einen Eimer Schnee über ihn gekippt. Jedoch als er die Augen aufschlug, war dieses Gefühl bereits wieder verschwunden. Er sah gerade noch, wie Professor Satorie die grüne Cyanokultur in ihr Becken zurücksetzte.

Sie war wieder zu einem Klumpen zusammengezogen und wirkte hart und unbeweglich. Die Kopfschmerzen kehrten wie eine Dampfwalze zurück, die ihn überrollte, so dass Ethan sich stöhnend auf dem Untersuchungstisch krümmte und seinen Schädel mit den Armen umschlang.

„Du bist aufgewacht… Etwas zu früh, aber das war zu erwarten. Deine Gelhaufen sind sehr faszinierend und überaus schwer von dir weg zu bekommen. Ich musste mir erst von Lutz ein Hilfsmittel leihen…", erklärte Satorie gut gelaunt.

„Sina… was haben sie mit ihr gemacht?", keuchte Ethan und versuchte, sich aufzusetzen.

Das schwache Deckenlicht im Labor blendete ihn und in seinem Kopf kreischten mehrere Stimmen durcheinander. Er konnte keinen klaren Gedanken fassen.

„Mach dir um sie mal keine Sorgen. Sie hat deine Wunden erstklassig versorgt, nur wollte sie dich danach nicht wieder frei geben. Lutz hat herausgefunden, dass deine Lieblinge nicht sehr gut mit Kälte umgehen können. Ab minus zwanzig Grad ziehen sie sich zusammen und härten aus. Allerdings schadet ihnen ein kurzer Frost wohl nicht nachhaltig", erklärte Satorie, während er das Becken gründlich verschloss.

Ethan hatte Schwierigkeiten, den Worten zu folgen.

Bei dem Versuch aufzustehen verlor er das Gleichgewicht.

Der Professor war wieder an seiner Seite, bevor er stürzen konnte und half Ethan zu einem Rollstuhl, der nur wenige Schritte entfernt bereitstand.

„Tabletten…", keuchte der junge Mann benommen, doch Satorie schüttelte leicht den Kopf.

„Ein wenig musst du dich noch gedulden mein Junge, aber ich verspreche dir, bald werden die Schmerzen vorbei sein."

Er fixierte Ethans Hand- und Fußgelenke mit ledernen Manschetten, um zu verhindern, dass dieser wieder aufstehen konnte. Sofort verfinsterte sich Ethans Miene und er begann an den Fesseln zu zerren.

„Verdammt Lorenzo, was soll das!? Wir hatten einen Deal! Keine Experimente aneinander! Mach mich sofort wieder los!"

Das Grinsen des Professors wurde noch breiter.

„Bitte entschuldige alter Freund. Aber dies ist eine Chance, einen Blick in deinen brillanten Geist zu werfen, die ich mir nicht entgehen lassen kann. Und… ich breche damit noch nicht mal unsere Absprache, denn du bist nicht Lutz Zade", erklärte er und drehte den Stuhl so, dass Ethan sich in der spiegelnden Oberfläche einer Kühlschranktür sehen konnte.

Sofort zuckte er heftig zusammen, kniff die Augen zu und krümmte sich vor Schmerzen, da die Kopfschmerzen wieder auf ein unerträgliches Maß anschwollen. Satorie setzte den Rollstuhl in Bewegung und sie verließen den Raum. Gut gelaunt pfiff er ein Kinderlied vor sich hin, während er Ethan durch die langen Korridore schob. Statt eines Labors betraten sie schließlich eine prunkvolle Kapelle. Die Wände und Schmucksäulen waren weiß getüncht und üppig mit Gold verziert.

Ethan fiel es immer noch schwer, die Augen offen zu halten, dennoch bemerkte er neben dem Kreuz als kirchliches Symbol viele wissenschaftliche Zeichen, die überall in die Dekoration mit eingearbeitet waren. Sein Blick blieb an einem jungen Mann hängen, der mit dem Rücken zu ihnen in der ersten Reihe saß, irgendetwas an diesem Bild stimmte nicht, jedoch ließ sein schmerzender Kopf keine tieferen Gedanken zu.

„Ethan!", rief Satorie freundlich und der Mann auf der Bank drehte sich zu ihnen um.

„Nein… wie…", keuchte Ethan im Rollstuhl, während sein Ebenbild sich erhob und auf sie zu kam.

Nichts an ihm wirkte künstlich oder unecht. Jede Pore, jede Wimper war richtig. So sehr Ethan auch nach etwas suchte, was ihm selbst widersprach, er konnte kein äußerliches Merkmal finden. Sogar die Art sich zu bewegen war perfekt kopiert. Hinter seiner Stirn hämmerte es so stark, dass er am liebsten geschrien hätte, jedoch war er wie gelähmt von dem Anblick. Gerade, als er glaubte wahnsinnig zu werden, fand sein Verstand, wonach er so sehnlich gesucht hatte und er begann schrill zu lachen. Sein Ebenbild musterte ihn vollkommen emotionslos und sah dann zu Satorie auf.

„Geh zu Mr. Diba. Er erwartet dich bereits", erklärte der Professor woraufhin der Angesprochene nickte und sich umwandte.

„Wieso… wieso eine Kopie von mir?", fragte Ethan matt, als er sich wieder weit genug beruhigt hatte.

„Weil du für Höheres bestimmt bist, mein Junge", antwortete Satorie feierlich, während er ihn zum Altar schob.

„Das… warum erwartet Till ihn?"

Satorie schüttelte langsam den Kopf, während er einen Schlauch mit einer Atemmaske daran unter dem Altar hervorholte.

„Dazu kommen wir später. Lass uns der Reihe nach vorgehen", erklärte er und drückte Ethan die Maske fest über Mund und Nase.

Dieser sah wie der durchsichtige Schlauch sich langsam mit Rauch füllte und versuchte, die Luft anzuhalten.

„Wehr dich nicht, mein Junge... tief einatmen, dann hast du es gleich geschafft", stellte Satorie fest und fixierte Ethans Kopf mit einer Hand.

Durch seinen geschwächten Zustand konnte der junge Mann seinen Widerstand nicht lange aufrechterhalten. Schließlich zwang ihn sein Überlebenswille, die Luft tief in seine Lungen zu saugen. Der Rauch brannte in seiner Kehle und hinterließ einen bitteren Geschmack auf der Zunge. Nach ein paar weiteren Atemzügen legte Satorie die Maske wieder beiseite und holte eine Kappe mit breiten Lederriemen hervor, deren Innenseite mit zahlreichen Elektroden ausgekleidet war. Er steckte Ethan eine Beißschiene zwischen die Zähne und schnallte die Kappe dann fest an seinen Kopf. Aus einer goldenen Schatulle nahm der Professor zwei lange dünne Nadeln, die er durch dafür vorgesehene Führungen in Ethans Schläfen stach, der davon jedoch kaum etwas spürte.

Zu sehr war sein Verstand damit beschäftigt zu begreifen, was er sah. Alles wirkte irgendwie wie verschwommen, als würde seine Umgebung zerfließen, ohne aber wirklich ihre Form zu verlieren. Sein Blick blieb an den Buntglasfenstern der Kapelle hängen.

Er war sich nicht sicher, ob die Motive dort wirklich kirchlich waren, denn die Details stimmten nicht.

So trugen die meisten Figuren lange weiße Kittel und es waren auch einige moderne Geräte - wie Computer - zu erkennen. Was Ethan aber an den Bildern am meisten zusetzte war der Umstand, dass sich die abgebildeten Szenen wie kleine Filme bewegten. Ein Mann in weißem Kittel nähte eine Gestalt aus verschiedenen Teilen von Tieren, Pflanzen und Menschen zusammen, während ein weiterer Kittelträger lange Kabel und Drähte durch das bereits zuckende Geschöpf stach.

„Na na, mein Junge. Du solltest dich jetzt wirklich nicht mit zusätzlichen Problemen belasten. In deinem Schädel sind genügend eigene", erklärte Satorie, als er Ethans entsetzen Blick auf eins der Fenster bemerkte und legte ihm eine Augenbinde an.

Zuletzt versiegelte er seine Ohren mit kleinen Kopfhörern, durch die der junge Mann nichts weiter außer der Stimme des Professors wahrnehmen konnte.

„Ich habe dir gerade eine sehr fein abgestimmte Mischung verschiedener psychoaktiver Drogen verabreicht. Ich habe Jahrzehnte an diesem Verfahren gefeilt, aber jetzt ist es perfekt. Du bist zu einem guten Zeitpunkt auf diese Insel gekommen. Die meisten von uns stehen hier grade kurz vor dem Ziel ihres Lebenswerkes und du wirst das Rohmaterial dafür sein."

Gedanken und Bilder zuckten wie Lichtblitze durch Ethans Verstand. Er schrie und zerrte an den Fesseln, was Satorie jedoch völlig ignorierte. Seelenruhig ging er zum Altar, schlug die Bibel zu und legte sie behutsam beiseite. Die schräge Buchstütze darunter entpuppte sich als Monitor, auf dem nun flackernd und von elektrischem Rauschen stark verzerrte Bilder auftauchten, immer nur für den Bruchteil einer Sekunde, als würde jemand auf einem kaputten Fernseher durch die Programme schalten.

„Sehr schön...", stellte Satorie zufrieden fest und setzte sich selbst einen kleinen Ohrstöpsel ein, bevor er auf einem Stuhl gegenüber von Ethan Platz nahm. Er hatte den Rollstuhl des jungen Mannes so positioniert, dass er trotzdem einen guten Blick auf den Monitor hatte.

„Lass uns beginnen… Um Stille schaffen zu können, muss man zuerst das Chaos ordnen. Meine Stimme wird dich leiten. Kämpfe nicht gegen deine Gedanken an. Lass sie fließen, ohne sie zu bewerten. Sie sind ein reißender Fluss, jedoch stehst du am Ufer und kannst ihnen gefahrlos zu sehen…"

Die Stimme des Professors war ruhig und monoton. Wie ein Mantra hallte sie in Ethans Schädel wider. Satorie konnte auf dem Monitor erkennen, dass sich langsam ein breiter Fluss aus dem Flimmern herauskristallisierte. Mitten in den tobenden Fluten befand sich eine kleine Insel, auf der eine Gestalt kauerte und mit beiden Händen ihren Kopf umschlang.

„Hab keine Angst… Alexander!", er sprach den Namen so laut und kraftvoll, dass die Gestalt erschrocken aufsah.

„Erinnere dich, wie du auf die Isla Vanu gekommen bist, als wir das erste Mal das Institut betreten haben… in dem großen Hörsaal…", Satorie sprach ruhig und ließ nach jedem Satz eine lange Pause damit Alexander Zeit hatte, seine Gedanken zu ordnen.

Der junge Mann kroch langsam zum Ufer seiner kleinen Insel und sah in die spritzende Gischt. Ein kleines Fleckchen im Wasser beruhigte sich. Erst nur handtellergroß, begann es sich schnell auszubreiten.

Ein verschwommenes Bild war auf der Wasseroberfläche zu sehen…der große altmodische Hörsaal, in dem die Neuankömmlinge auf der Insel begrüßt wurden. Alexander erhob sich und trat vorsichtig ins Wasser.

Er setzte sich hinein und legte sich zurück, dass nur noch sein Gesicht über der Oberfläche war.

Ruhig atmend schloss er die Augen und ließ sich in die Erinnerung fallen.

Professor Satorie war begeistert, während er konzentriert das Geschehen auf dem Monitor verfolgte. Die Bilder waren inzwischen so klar, dass man sie gut erkennen konnte. Es war ihm schon früher gelungen, die Gedanken einer Testperson über seinen Computer sichtbar zu machen, jedoch hatte er es bisher nie geschafft, tiefer als eine Ebene in den Verstand einzudringen.

Es war eine Sache, die Gedanken zu sehen, die jemand gerade in diesem Moment dachte, aber eine ganz andere, tief genug ins Unterbewusstsein vorzudringen, um vergessene oder verdrängte Erinnerungen ans Licht zu holen.

Er konzentrierte sich wieder auf den Monitor und beobachtete, wie vier junge Männer den Hörsaal betraten und sich mit leuchtenden Augen umsahen.

„Meine Freunde, das hier ist der Beginn von etwas ganz Großem. Wir werden die Welt verändern. Ich kann es spüren!", donnerte Lutz euphorisch und stemmte beide Fäuste in die Hüften. Markes lachte amüsiert und legte einen Arm um Alexander, der sofort den Kopf an seine Schulter legte.

„Hier wird uns niemand für das, was wir miteinander haben, Steine in den Weg legen. Nur weil wir anders lieben heißt das nicht, dass wir schlechte Wissenschaftler sind. Wir müssen uns nicht mehr verstecken, sondern können das tun, wofür unsere Herzen brennen", erklärte Alexander lächelnd und gab dem hünenhaften Mann an seiner Seite einen Kuss.

„Gott sieht alles", kommentierte Lorenzo das Geschehen knapp, woraufhin Markes ihm einen wütenden Blick zuwarf, ohne sich von dem Kuss mit Alexander zu lösen.

Der junge Mann im Priestergewand zuckte nur grinsend mit den Schultern.

„Nur weil deine Großkonzernfamilie so reich ist, dass du das hier mit deinem Taschengeld finanzieren konntest, heißt das nicht, dass du jetzt unser Chef bist. Wir alle haben unseren Teil zu dieser Einrichtung beigetragen!", erklärte Alexander nun sichtbar gereizt.

Seit ihm klar geworden war, dass seine Sexualität nicht der Norm entsprach, hatte er sich verstecken müssen. Früh und schmerzhaft hatte er erkannt, dass es egal war, wie brillant man war, wenn man nicht den Vorstellungen der Gesellschaft entsprach. Darum reagierte er grade im eigenen Freundeskreis auf solche Andeutungen sehr empfindlich.

Lutz war an das Rednerpult getreten und riss die Arme in die Luft.

„Streitet euch nicht, meine Schäfchen! Hier ist genug Platz für alle zum Grasen! Der Herr hat gesprochen!", rief er laut und alle vier begann zu lachen.

Die Szene verschwamm, jedoch tauchten dafür andere auf: kurze Eindrücke aus Alexanders Zeit auf der Insel, wie er in seinem Labor stand und zusah, wie in großen Glastanks menschliche Körperteile wuchsen. In einer anderen Szene ließ er sich von Markes und Lutz das linke Bein abnehmen und ein neues dafür ansetzen. Immer wieder tauchten Bilder auf, wie er sich heiß und innig liebend mit Markes durch die Kissen ihres Bettes wühlte oder wie er mit seinem Geliebten zusammen in dessen Werkstatt an einem Projekt arbeitete. Dann erschienen auch neue Gesichter, Studenten und andere Wissenschaftler, die auf die Insel kamen, um dort ebenso frei forschen zu können. Die ersten Konflikte folgten, als Alexander strikt dagegen war, dass in ihrer Einrichtung an Waffen oder sonstigen kriegstreibenden

Forschungen gearbeitet wurde. Außerdem kam es zu Unfällen, ausgelöst durch Selbstversuche oder was er noch schlimmer fand, heimliche Versuche an anderen. Es häuften sich Verletzungen und Todesfälle. Das war nicht mehr die Art von Forschung, die Alexander betreiben wollte, weshalb er schließlich seinen besten Freund in dessen Labor aufsuchte. Lutz und er kannten sich seit Kindertagen und waren seither durch alle Höhen und Tiefen gemeinsam gegangen. Obwohl sie in ihrer Studienzeit räumlich getrennt waren, war der Kontakt immer bestehen geblieben.

„Lutz, wir müssen reden. Was hier passiert ist nicht mehr das, womit ich mit meinem Namen stehen will.
Ich bin Arzt geworden, um Menschen zu helfen. Die Unfälle, die hier passieren und dass seit neuestem auch an Waffen geforscht wird, gefällt mir nicht. Ich habe mich entschieden zu gehen."
Der Angesprochene ballte die Fäuste, sah aber nicht von seinem Computer auf.
„Manchmal heiligt der Zweck eben die Mittel. Lorenzos Familie finanziert uns nicht mehr und wir brauchen Geld, um das hier aufrecht zu erhalten. Das weißt du ganz genau und manchmal gehen Dinge eben schief, wenn man so arbeitet, wie wir es tun. Auch bei den Eingriffen an dir oder Markes hätte das passieren können, da hattest du keine Bedenken", erwiderte Lutz grimmig.
Alexander schüttelte den Kopf und hob abwehrend die Hände.
„Das ist nicht dasselbe! Die Unfälle, die ich meine, passieren, weil viel zu überstürzt gehandelt wird.
Es werden Experimente an Menschen gemacht, ohne vorher die Risiken zu kalkulieren. Und das dies auch an unfreiwilligen Versuchspersonen passiert, ist etwas, was absolut nicht tolerierbar ist!

Dass ich von Lorenzo mit seinem Gottkomplex nicht mehr zu erwarten hatte, überrascht mich nicht, aber du? ...Verdammt noch mal Lutz, ist ein Menschenleben denn für dich gar nichts mehr wert?! Was ist mit unserem Vorsatz passiert, die Welt mir unserer Arbeit besser zu machen?"

„Eine bessere Welt ist nicht zwingend eine Welt mit Menschen", gab Lutz knurrend zurück.

Alexander sah ihn einen Moment lang fassungslos an, bevor er erneut den Kopf schüttelte.

„Ich werde mit dem nächsten Schiff diese Insel verlassen und ich werde Markes raten, dies ebenfalls zu tun. Unsere Forschungsergebnisse nehmen wir mit oder werden sie vernichten. Ich lasse nicht zu, dass jemand daraus Waffen macht. Wusstest du, dass Lorenzo Markes vorgeschlagen hat, menschliche Drohnen als Soldaten zu entwickeln? Oder dass man echte Menschen per Gehirnwäsche zu Killermaschinen umprogrammieren könnte. Außerdem will er meine Arbeit als Grundlage für menschliche Clone nutzen. Der Kerl ist vollkommen irre und gehört hinter Gitter. Er hat zu viel von seinen eigenen Drogen genommen, wenn du mich fragst!"

Lutz schwieg eine Weile, bevor er sich zu einer Antwort durchrang.

„Hast du schon mit Markes darüber gesprochen?", fragte er schließlich.

„Nein. Ich wollte erst mit dir reden. Wir kennen uns fast unser ganzes Leben. Du bist mein bester Freund.

Ich dachte, ich könnte dich noch zur Vernunft bringen, aber wie ich sehe, ist das zwecklos. Du hast dich völlig verändert. Deine Arbeit hier hat dich verändert. Ich will nicht erleben, wie sie dich am Ende auffrisst."

In Alexanders Stimme schwang hörbare Trauer mit.

Langsam erhob sich Lutz von seinem Stuhl und sah seinen Freund nun zum ersten Mal direkt an.

„Okay. Es bleibt mir wohl nichts anderes übrig, als deine Entscheidung zu akzeptieren. Aber lass mich dir, bevor du gehst, wenigstens noch meine Arbeit zeigen. Ich will, dass du verstehst, warum sie mich so fesselt. Wenn sie erfolgreich ist, kann sie die Menschheit auf eine neue Stufe der Evolution heben. Die Menschen werden eins sein mit der Natur, die sie umgibt. Kriege und das alles wird es dann nicht mehr geben", erklärte er und deutete durch eine Glasscheibe auf eine riesige Pflanze, deren Wurzel in einem großen Nährstofftank hing.

Seufzend ließ Alexander den Kopf hängen und nickte knapp.

„Was du da von dir gibst ist verrückt… Aber um unserer Freundschaft willen werde ich dir diesen Wunsch nicht ausschlagen. Zeig es mir."

Ein kurzes Lächeln huschte über Zades Lippen, während er voran ging und Alexander die kleine Treppe neben dem Tank hinaufführte.

„Das ist absolut nicht verrückt. Diese Pflanze kann eine Symbiose mit einem menschlichen Wirt eingehen. Sie nutzt dessen Nervensystem, um sich selbst weiterzuentwickeln. Dadurch wird sie in der Lage sein, sowohl mit anderen Pflanzen, als auch mit Menschen zu kommunizieren und sich zu vernetzen. Sie kann sich durch Photosynthese ernähren, so etwas wie Hungersnöte wird es dann nicht mehr geben. Wenn alle Menschen zu Wirten geworden sind, wird der ganze Planet ein großes vernetztes Staatenlebewesen sein, das die Erde nicht weiter zerstört durch den Raubbau, den wir im Moment an ihr betreiben, sondern es wird sie heilen! Klimawandel, Ressourcenknappheit, Kriege, …

das alles wird der Vergangenheit angehören. Dies ist der Anfang einer neuen Welt!", erklärte er euphorisch.

Alexander packte seinen Freund an den Schultern, damit dieser ihn ansah.

„Lutz! Das ist Wahnsinn! Du kannst doch nicht ernsthaft als Ziel haben, die Menschheit auszulöschen?"

Der Professor sah ihn irritiert an, als könnte er nicht begreifen, was Alexander da von ihm wollte. Dann legte sich jedoch wieder ein breites Grinsen auf seine Lippen.

„Das ist kein Wahnsinn, das ist Fortschritt!"

Mit diesen Worten stieß er Alexander über das Geländer mitten auf die riesige Pflanze. Sofort kam Bewegung in das Blattwerk und lange lianenartige Blätter begannen sich um den jungen Mann in ihrer Mitte zu schlingen.

„Mit deinen körperlichen Modifikationen wirst du ein perfekter Wirt für sie sein. Du bist stark genug, um die Transformation zu überleben. Hab keine Angst mein Freund, das wird fantastisch!", rief er ihm von oben zu.

Alexander schrie entsetzt auf und versuchte sich zu befreien, jedoch begann die Pflanze bereits damit, ihn in ihre Wurzel zu ziehen. Noch einmal holte er tief Luft, bevor er gänzlich in ihrem Inneren verschwand.

Seine Haut brannte, als würde sie sich auflösen und durch die Enge konnte er sich keinen Millimeter mehr rühren. In seinen Ohren begann es durch den Luftmangel schrill zu pfeifen. Etwas bohrte sich in seine Nasenlöcher und schob sich bis tief in seinen Rachen. Hätte er die nötige Luft gehabt, hätte er vor Schmerzen gebrüllt. Sein Verstand bettelte um eine erlösende Ohnmacht, jedoch blieb ihm diese verwehrt. Die Pflanze versorgte ihn mit grade genügend Sauerstoff, damit er nicht erstickte, während sich immer mehr Sekret absondernde Hohldornen in sein Fleisch bohrten.

Er hatte jegliches Zeitgefühl verloren, als die Belastung für seinen Organismus zu groß wurde. Seine Organe versagten und schließlich umfing ihn eine erlösende Schwärze, aus der er nicht mehr erwachte.

13 - Stille

Professor Satorie sah auf den schwarzen Bildschirm. Natürlich hatte er gewusst, was damals mit Alexander passiert war, aber es einmal so nah mitzuerleben warf doch noch ein anderes Licht auf die Sache. Er selbst hatte Lutz Zade auf einem Gala-Spendenabend für die Universität, in der dieser damals arbeitete, kennen gelernt. Es hatte ihn von der ersten Sekunde an fasziniert, wie nah Genie und Wahnsinn bei diesem Mann zusammen lagen. Aus einem Abend mit anregenden Gesprächen war schnell eine Freundschaft geworden. Bei der Feier für Zades dreißigsten Geburtstag hatte er dann auch dessen besten Freund Alexander und seinen Partner Markes kennen gelernt. Die abartige Sexualität der beiden war ihm, als streng Gläubiger, von Anfang an, ein Dorn im Auge gewesen, jedoch bewunderte er die überragende Intelligenz der Männer. An diesem alkohol- und drogenreichen Abend war auch die erste Idee zu ihrem Großprojekt entstanden: eine Forschungsinsel, wo jeder von ihnen sein konnte wie er war und ohne einengende Gesetze und Richtlinien, um dort bahnbrechende Erfindungen erschaffen zu können.
Das Bild auf dem Monitor begann wieder zu rauschen, was Satorie aus seinen Erinnerungen riss.
„Deine Gedanken sind ein Fluss… lass sie an dir vorüber ziehen ohne sie zu bewerten…", begann er von neuem sein Mantra und beobachtete wie sich langsam eine neue Szene zusammensetzte.
Der Fluss hatte deutlich an Kraft und Tiefe verloren.
Die Insel, auf der Alexander aufgetaucht war, ragte wie ein einzelner Zahn aus den Fluten. Ein kleiner Landteil bildete sich an dessen Rand, auf der eine weitere Gestalt zum Vorschein kam.

Satories Herz machte einen Freudensprung, denn auf diesen Moment hatte er sich am meisten gefreut.

„Hab keine Angst... Lutz!"

Wie auch bei Alexander geleitete er Lutz durch dessen Erinnerungen und sah dabei zu, wie der junge Wissenschaftler den Grundstein für seine Arbeit legte und aus einem aufwändig genetisch veränderten Samenkorn eine gewaltige Pflanze zog. Allein dieser Prozess nahm fünf Jahre in Anspruch. Noch einmal konnte er die letzte Unterhaltung von Alexander mit seinem besten Freund beobachten, nur diesmal aus der anderen Perspektive, was eine interessante Ergänzung darstellte. Was darauf folgte war eine Szene, an die Satorie sich noch bestens erinnern konnte. Lutz erschien mit Blut und Pflanzenschleim besudelt in seinem Labor, das damals noch nicht die Form einer Kapelle hatte. Er trug den, durch ätzende Sekrete entstellen, Körper seines toten Freundes in den Armen.

Lorenzos junges Ebenbild war von seinem Bürostuhl aufgesprungen und bekreuzigte sich reflexartig.

„Großer Gott, was...", stammelte er, während Lutz den reglosen Körper auf einem Tisch ablegte.

„Ich weiß es nicht. Das hätte nicht passieren dürfen! Ich war mir sicher, dass sie ihn annimmt und er stark genug für die Transformation ist", erklärte Lutz mit starrer Miene.

Lorenzo schüttelte langsam den Kopf, während er den Toten musterte.

„Markes wird dich umbringen... er wird das alles hier in Schutt und Asche legen... wie konntest du das nur tun?!", fragte er fassungslos.

„Alexander wollte gehen. Er wollte mich... unsere Einrichtung, alles was wir hier geschaffen haben verlassen und seine Arbeit und Markes mitnehmen.

Du weißt, wie wichtig die Drohnenforschung für uns ist.
Wenn das wegbricht, müssen wir schließen und alles,
was wir hier aufgebaut haben, ist verloren! Markes darf
hiervon nichts erfahren, wir dürfen ihn auf keinen Fall
auch noch verlieren!", erklärte Lutz ernst.
„Wie stellst du dir das vor? Wie willst du das geheim
halten?!", fragte Lorenzo und deutete auf die entstellte
Leiche.
Lutz grinste kurz.
„Alexanders Clon-Projekt… Durch seine Arbeit hat er
beinahe jeden Teil seines Körpers repliziert, wie müssen
ihn nur neu zusammensetzen."
Kopfschüttelnd trat Lorenzo einen Schritt von dem
Tisch zurück.
„Das ist Wahnsinn! Außerdem ist ein lebloser Clon ja
wohl kein Ersatz, den sein Freund akzeptieren wird."
„Richtig. Du sagtest neulich, dass es theoretisch möglich
wäre, den Verstand eines Menschen in ein künstliches
Gehirn zu kopieren."
Lutz warf einen kurzen Blick auf seine Armbanduhr
und deutete dann auf ein kleines, streichholzschachtel-
großes Gerät hinter Alexanders linkem Ohr.
„Er ist seit knapp acht Minuten tot. Ich habe einen Trans-
mitter an seinen Schädel angeschlossen, der sein Hirn
noch für ungefähr eine Stunde mit Energie versorgen
wird. Du solltest dich also beeilen. Denn du hast recht,
Markes wird uns umbringen, wenn er das hier heraus-
bekommt. Ich kümmere mich um die Hülle, du dich um
den Inhalt. Dies ist die wichtigste Arbeit deines
bisherigen Lebens mein Freund. Sieh zu, dass sie ein
Meisterstück wird!"
Lutz verließ das Labor und die Szene verschwamm.
Ein neues Bild baute sich langsam auf.

146

Einige Jahre waren vergangen. Die Pflanze in Zades Labor war deutlich gewachsen, jedoch zeigten sich nun auch erste Anzeichen des Verfalls an ihr. Einige der großen Kronenblätter hatten ihr sattes Grün gegen einen leicht gelblichen Ton getauscht. Auf einem Blatt war sogar ein vertrockneter, handtellergroßer Fleck.
Lutz wankte leicht, als er auf seine Schöpfung zutrat.
„Du verdammtes wählerisches Biest… Ich habe dir alles geopfert, was mir etwas bedeutet hat und so dankst du es mir?!", er schleuderte die halbvolle Flasche Bourbon gegen den Glas-Tank, wo sie klirrend zerschellte.
Der goldene Alkohol lief am Tank herunter.
„Hier stehen wir nun… Du und ich… Seit du Alexander getötet hast, habe ich dich weiterentwickelt. Du konntest nichts dafür, es war mein Fehler. Aber dass du die anderen Wirte nach ihm allesamt ebenfalls umgebracht hast, das waren deine! Alexander war acht Stunden in deinem Inneren, die anderen hast du schon nach weniger als einer erstickt wieder ausgeschieden!
Ich habe dich so modifiziert, dass deine Transformation den Wirtskörper nicht mehr zersetzt. Warum lehnst du sie alle ab?! Was fehlt dir, verdammt noch mal!?", brüllte Lutz verzweifelt und ließ sich auf die unterste Stufe der Treppe fallen.
Sein Blick fiel auf die kleinen Nüsse, die überall um den Tank herum auf dem Boden lagen. Er wusste, dass sie nutzlos waren, denn egal in welches Substrat man sie einsetzte oder wie man sie düngte und wässerte, es wuchs keine neue Pflanze aus ihnen. Er hob eine auf, steckte sie in den Mund und zerkaute sie. Es schmeckte bitter, dennoch schluckte er sie hinunter und nahm eine weitere.
„Weißt du was? Wenn du nicht isst, was ich dir anbiete, werde ich eben essen, was du mir anbietest!", erklärte er

trotzig und stopfte sich immer mehr Nüsse in den Mund.

Er ignorierte das Brennen in seinem Magen, denn es war ihm egal, ob diese Mahlzeit ihn umbringen würde.

Was konnte es für ein besseres Ende geben, als das eigene Lebenswerk? Das Brennen wurde zu einem Feuer, das sich rasend schnell in seinem ganzen Körper ausbreitete. Seine Gliedmaßen versagten ihm den Dienst und er sackte keuchend auf dem Boden zusammen.

Wie im Nebel bekam er mit, dass die Pflanze mit langen dünnen Blättern nach ihm griff, ihn hochhob und in ihr Zentrum zog. Sein Körper war gelähmt, weshalb er sich nicht dagegen wehren konnte, umschlungen und in die Wurzel gezogen zu werden.

Obwohl er stark mit dem Luftmangel zu kämpfen hatte, verspürte er keine Angst oder Schmerzen, sondern nur Wärme und Geborgenheit. Es störte ihn nicht, dass sich dünne Ranken in jede seiner Körperöffnungen schoben und auch die Dornen, die sich unter seine Haut bohrten, nahm er nicht wahr. Jegliches Zeitgefühl war verschwunden und zurück blieben nur Glücksgefühle. Plötzlich durchzuckten ihn Krämpfe. Die Wurzel zog sich immer enger zusammen, als wollte sie ihn zerquetschen. Der nebelhafte Schleier um seinen Verstand begann sich aufzulösen und die Pflanze spie ihn aus, wie einen Klumpen unverdauliche Nahrungsreste. Erneut wurde der Bildschirm auf Professor Satories Altar schwarz.

Dieser konnte sich noch lebhaft daran erinnern, wie Lutz getobt hatte, als der erste Schock überwunden war. Wäre es nach ihm gegangen, hätte er sich damals sofort erneut in die Pflanze geworfen. Er beschrieb, was er in ihrem Inneren erlebt hatte als das schönste Gefühl seines Lebens.

„Die Hälfte wäre geschafft", erklärte Satorie zufrieden und rieb sich die Hände.

Auf dem Monitor fing das Bild erneut an zu flackern und er begann sein Mantra, um die nächste Gestalt aus dem nun schmalen Flussbett zu rufen.

„Hab keine Angst, Jeason!", rief er dem jungen Mann zu, der sich mit geballten Fäusten und gespannten Muskeln am Ufer seiner Insel trotzig umsah. Es kostete Satorie diesmal deutlich mehr Überredungskraft ihn dazu zu bringen, sich mit seinen Erinnerungen auseinanderzusetzen.

Jeason war Astrophysiker und der einzige Wissenschaftler den Satorie kannte, der sich in seiner Freizeit mit Extremsport und Bodybuilding befasste. In seinem Fachgebiet war er zwar gut, jedoch nicht übermäßig brillant, weshalb sich Satorie schon damals absolut sicher war, dass Lutz ihn nur wegen seiner körperlichen Attribute auf die Insel geholt hatte. Als Wirt für die Pflanze brachte er eine gute Grundlage mit und Professor Zade arbeitete vom ersten Tag daran, diese Anlagen noch zu optimieren. Er ließ ihm immer wieder Angebote zukommen, seinen Köper noch weiter zu modifizieren und leistungsfähiger zu machen. Dazu versetzte er seine Mahlzeiten und Energie-Drinks heimlich mit dem gemahlenen Pulver der Alraunennüsse. Dennoch war Jeason von Anfang an auch ein Problemkandidat, denn er schien grundsätzlich Schwierigkeiten mit Anweisungen und Autoritäten zu haben. Es schien fast so, als ob er schon aus Prinzip immer das Gegenteil von dem tat, wozu man ihn aufforderte, was jedoch nicht bedeutete, dass er dadurch ein schlechter Mensch war, denn auch sein Beschützerinstinkt war übermäßig stark ausgeprägt.

Bei der Ankunft auf der Insel hatte er gleich zwei der schweren Kisten vom Hafen bis zur Forschungseinrichtung getragen. Tailor, ein magersüchtiger Zoologie Doktorand, war körperlich nicht in der Lage, neben seinem eigenen Gepäck auch noch eine Kiste zu tragen. Jeason und ihn verband schnell eine feste Freundschaft, denn er bewunderte die ruhige liebevolle und behutsame Art, wie dieser mit allem umging, weshalb er ihm lieber bei dessen Arbeit zusah, als sich mit seinem eigenen Projekt zu beschäftigen. Schon nach wenigen Tagen auf der Insel war für Jeason klar, dass er mit dem nächsten Versorgungsschiff wieder nach Hause fahren würde. Dann begannen sich die Unfälle bei den anderen Wissenschaftlern zu häufen und immer wieder verschwand einer von ihnen. Schon bald brachte Jeason seine gesamte Energie dafür auf, die rätselhaften Ergebnisse zu untersuchen. Dadurch fiel es den beiden Professoren Satorie und Zade immer schwerer, ihn im Zaum zu halten. Als Jeason eines Tages aufgebracht in Zades Labor erschien, da sein Kumpel Tailor kurz vor einem Selbstversuch stand, den er unbedingt verhindern wollte, platzte dem Professor der Geduldsfaden.
Er legte den jungen Mann kurzerhand in Narkose, bevor er ihn der Mandragora anbot. Während dieser bereits von den Bandagenblättern eingewickelt wurde, kam er langsam wieder zu sich und begann sofort wild um sich zu schlagen. Zu Zades Entsetzen schaffte er es, der Pflanze mehrere Blätter auszureißen, am Ende wurde er jedoch trotzdem in ihr Inneres gezogen, wo seine Widerwehr langsam erstarb. Zum ersten Mal in seinem Leben fiel die Anspannung und Rastlosigkeit von Jeason ab und er verspürte nur noch tiefe Ruhe und Geborgenheit. Über einen Tag behielt die Pflanze ihn in ihrem Inneren, bevor sich seine und ihre Vitalwerte

drastisch verschlechterten und sie den jungen Mann abstieß.

Professor Satorie sah nachdenklich auf den schwarzen Monitor.

Er erinnerte sich noch daran, dass Lutz ihn sofort gerufen hatte, um Jeason wegzubringen. Der junge Mann war verwirrt, wusste weder wer, noch wo er war und klagte über starke Kopfschmerzen. Er redete von sich nur noch in der Mehrzahl und schrie, um die anderen Stimmen in seinem Kopf zu übertönen.

Satorie hatte ihn mit Alexanders Hilfe auf einem Krankenbett fixiert, doch bevor er ihn mit Medikamenten ruhigstellen konnte, riss Jeason sich los und schlug seinen Kopf mehrfach heftig gegen die nächste Wand, um endlich Ruhe zu finden. Die Hirnblutungen, die dadurch entstanden, töteten ihn.

Auf dem Monitor erschien wieder das Flussbett, das Wasser hatte sich zu einem knietiefen Bach zurückgebildet.

Unsicher sah Ethan sich in der kargen Öde um. Von Satories Stimme geleitet ging er zu einer breiteren Vertiefung, in der sich das Bachwasser sammelte und legte sich rücklings mit geschlossenen Augen in das kühle Nass, auf dessen Oberfläche sich die stürmische See vor der Isla Vanu spiegelte. Ethan durchlebte seine Ankunft auf der Insel, sowie die Forschung an seinem Projekt und die aufkeimende Liebe zu Till. Jedoch erklärte ihm Satorie nun auch die Absprachen, die im Hintergrund zwischen Professor Zade und Till stattgefunden hatten. Ethan begann stumm zu weinen, während er weiter mit geschlossenen Augen den Bildern folgte. Entgegen der Naturgesetze liefen die Tränen jedoch nicht an seinen Wangen hinunter, sondern sammelten sich in seinen Augenhöhlen.

Als diese gefüllt waren, flossen sie in dünnen Rinnsalen in Mund und Nase. Ethans ganzer Körper schien, das ihn umgebende Wasser einzusaugen, wodurch er selbst immer durchsichtiger wurde. Seine Konturen verschwammen und begannen im Boden zu versickern, bis nichts mehr von ihm übrig und die letzte Pfütze aus Erinnerungen versiegt war.

Einen Moment betrachtete Satorie die Stille auf dem Monitor, bis das Geräusch schwerer Stiefel seine Aufmerksamkeit auf die Tür der Kapelle lenkte. Markes musste sich etwas ducken, um unter dem Türrahmen hindurch eintreten zu können.

„Lutz hat mich gebeten, etwas bei dir abzuholen", knurrte er missmutig.

Lorenzo erhob sich von seinem Stuhl und ging zum Altar, um den Monitor abzuschalten. Weil er Markes dabei nicht aus den Augen ließ, entgingen ihm die kleinen grünen Setzlinge, die sich nun langsam aus der Erde des ausgedörrten Flussbettes schoben.

„Ich hätte ihn dir auch gebracht", erklärte Satorie.

„Im Übrigen, mein Beileid zu deinem Verlust. Ich habe es über die Kameras gesehen. Darf ich fragen, warum du ihn nicht wieder repariert hast?", fügte er noch hinzu.

Markes Gesicht verfinsterte sich.

„Und ich habe über die Kameras gesehen, dass er sich geopfert hat, um dich zu beschützen und wie du danach mit ihm umgegangen bist. Du redest besser kein Wort mehr über ihn!"

Lorenzo hob beschwichtigend die Hände und trat einen Schritt von Ethan zurück, während er langsam nickte.

„Ganz wie du willst…"

Er deutete auf den apathischen jungen Mann im Rollstuhl, der mit ausdrucksloser Miene ins Leere starrte.

„Ich habe seinen schizophrenen Verstand in Stille getaucht, indem ich den überzähligen Persönlichkeiten aufgezeigt habe, dass sie nur Schatten der Vergangenheit sind und seinem eigentlichen Geist eine Wahrheit offenbart, die ihn gebrochen hat.

Lutz wünscht, dass du diesen Zustand konservierst", erklärte Satorie.

Markes musterte Ethan emotionslos und schnippte ein paar Mal mit den Fingern vor seinem Gesicht, ohne dass dieser jedoch darauf reagierte.

„Mir ist egal, was du mit ihm gemacht hast. Und auch was Lutz mit ihm will. Das hier wird meine letzte Arbeit. Ich habe hier nichts mehr, was mich hält und ich spüre, dass es Zeit wird für den Ruhestand."

Er hob Ethan aus dem Rollstuhl und ohne auf eine Antwort von Satorie zu warten, wandte er sich ab und verließ die Kapelle in Richtung seiner Werkstatt.

14 - Protein

Markes brachte Ethan in sein Werkstattlabor und legte ihn dort auf dem großen Schmiedetisch ab.

„Nun denn… eine letzte Seele, die zur falschen Zeit am falschen Ort war… aber wenn es Lutz hilft für seine Arbeit, nach all den Jahren ein Ende zu finden, kann ich ihm das wohl nicht ausschlagen", murmelte er, während er an den Regalen und Schränken im Raum entlang ging, um sich Werkzeuge und Materialien zusammen zu suchen.

„Es wird ein Ende sein, denn er wird uns umbringen", antwortete eine Stimme hinter ihm.

Erschrocken fuhr Markes herum und musterte Ethan, der sich auf dem Tisch aufgesetzt hatte und ihn ansah.

„Hätte ich mir ja denken können, dass Lorenzo bei seiner Arbeit mal wieder gepfuscht hat… Das tut mir leid für dich, Kleiner, denn jetzt wird das Ganze ein wenig unangenehm. Aber ich verspreche dir, dass du dich nicht länger als nötig quälen wirst."

Normalerweise landeten auf Markes Tisch nur Leichen oder jene, die diesem Zustand bereits sehr nah kamen. Er war es nicht mehr gewohnt, mit Menschen zu sprechen und wollte dies auch gar nicht. Zu seiner Überraschung geriet der junge Mann auf dem Tisch jedoch nicht in Panik, sondern legte sich einfach wieder hin.

„Es spielt keine Rolle. Dieser Körper hat bereits mehr Leid erfahren, als du ihm noch antun könntest und es wird am Ende alles umsonst gewesen sein. Lutz wird seinen Kontrollzwang und seine Engstirnigkeit mit unserem Leben bezahlen", erklärte er ruhig.

„Wer bist du, Kleiner? Was redest du da?", fragte Markes verwundert und trat näher an den Tisch heran.

„Wir wissen es nicht. Unser Geist ist zerrissen... es fällt uns schwer zu denken... sterben und leben zugleich. Wir könnten uns retten, aber ausgerechnet unser Schöpfer steht dem im Weg. Er hat uns so oft angefleht ihm zu sagen, was wir brauchen, aber jetzt wo wir antworten könnten, hört er uns nicht zu."

Markes stützte sich auf dem Tisch ab und beugte sich über Ethans Gesicht, um ihn genauer mustern zu können. Langsam dämmerte es dem Hünen, was hier passierte. Lorenzo hatte dem Jungen diesen Unfug eingeredet, vermutlich damit dieser für das bevorstehende Experiment besser funktionierte.

„Du behauptest Zades Schöpfung zu sein? Du weißt, dass dies eine riesige Pflanze ist? Ich habe keine Ahnung was Lorenzo mit dir angestellt hat, aber ich muss dich enttäuschen, du bist nur ein Mensch."

Ethan schwieg, lag ruhig auf dem Tisch und musterte die Decke, als könnte er dort Antworten für seinen wirren Verstand finden. Markes war sich unsicher, wie er mit dieser Situation umgehen sollte. Natürlich wäre es ein Leichtes bei Lorenzo nachzufragen oder die Bitte von Lutz einfach zu befolgen und den Jungen mechanisch zu lobotomieren. Irgendetwas in ihm trotzte jedoch. Er ging kurz in den Nebenraum und kam mit einem Tablet zurück, auf dem er etwas einstellte, bevor er es an Ethan reichte.

„Wenn du die Lösung für alle Probleme hast, dann zeig es mir. Sollte es gut sein, rede ich mit Lutz, auf mich hört er vielleicht", erklärte er und verschränkte dann die Arme vor der Brust während er den Jungen weiter beobachtete.

Er war sich selbst nicht sicher, welches Ergebnis er erwartete, aber ein kleiner Teil von ihm wünschte sich Lorenzos Illusion damit zerstören zu können.

Ethan hatte sich wieder aufgesetzt und musterte das Tablet lange. Es zeigte den Aufbau des Mandragora-Projektes mit sämtlichen Parametern während eines Symbiose-Versuchs.

„Du hast keine Ahnung, was das ist, oder?", fragte Markes nach einigen Minuten, da Ethan immer noch mit einer tiefen Falte auf der Stirn angestrengt las.

Dieser hob jedoch nur abwehrend die Hand.

Es vergingen noch einmal zehn Minuten, bevor er auf dem Tablet zu tippen begann und dabei seine Eingaben erklärte.

„Ein Problem ist, dass Lutz immer erst reagiert, wenn die Vitalwerte zusammenbrechen. Das ist kein Fehler, an dem er Schuld trägt. Er kann dem nicht früher entgegenwirken, weil ihm die Studien fehlen, um zu wissen, wann er welchen Stoff vermehrt oder vermindert zusetzen muss. Das ist eben die Schwierigkeit, wenn man nur ein Versuchsobjekt hat, das keinen Schaden nehmen darf."

Markes nickte zustimmend.

„Fangen wir bei den Lichtwerten an. Eine Tag-Nachtabsenkung ist wichtig. Zu Beginn muss die Lichttemperatur um 1580 Kelvin und die Lichtstärke um 30.000 Lux erhöht werden. Nach drei Stunden dann eine langsame Absenkung für einen Sonnenuntergang und anschließend eine sechsstündige Ruhephase. Wenn es nicht ganz dunkel sein soll, kann er in den ultravioletten Lichtbereich gehen. Nach dieser Lichtpause die Werte langsam wieder erhöhen. Das Ganze sollte auf einen 24 Stunden Rhythmus angepasst werden", erklärte Ethan, während er die Parameter auf dem Tablet entsprechend einstellte.

„Kommen wir zu den Nährstoffen. Natrium muss ab der zehnten Stunde erhöht werden, dafür muss der

Eisenspiegel leicht sinken. Das wird erst nach zwei Tagen relevant, aber so viel Zeit ist nötig, dass sich die Speicher entsprechend füllen können. Dazu kommen noch ein paar Mikronährstoffe und Trägerenzyme…"
Ethans Kommentare brachen ab, da er nun konzentriert in dem Programm schrieb. Markes trat wieder dichter, um zu sehen, was der Junge da tat und hielt erstaunt den Atem an. Das war keines Wegs irgendwelches wirres Zeug, sondern fachlich fundiert und die daraus entstehenden Simulationen schienen durchaus überzeugend. Als Ethan fertig war, reichte er Markes das Tablet, damit dieser sich alles genau ansehen konnte.
„Und du meinst, damit könnte es funktionieren?", fragte er schließlich.
Zu seiner Überraschung schüttelte der Junge jedoch den Kopf.
„Es gibt noch zwei Faktoren, die wir zwar benennen können, aber für die wir keine Lösung haben. Als erstes wäre da die Proteinreserve, die der Wirtskörper mitbringen müsste. Herkömmliche Nahrung würde im Magen zu schnell vorverdaut werden, um noch nutzbar zu sein."
Markes Verstand ratterte. Sein Wissenschaftseifer war entfacht. Solch ein Austausch war Jahrzehnte her und er spürte, wie sehr ihm das gefehlt hatte.
„Ich habe synthetische Anzüge mit einem hohen Proteingehalt", überlegte er laut.
„Nein, alles Äußere stört die Verbindung mit dem Wirt und würde daher auch von den Pflanzensekreten zersetzt werden, bevor es benötigt wird. Es sind ungefähr zwei Kilo reines Eiweiß nötig und zwar im Wirtskörper."
Eine Weile schwieg Markes nachdenklich bis sich sein Blick plötzlich aufhellte.

„Ich glaube dafür hätte ich eine Lösung. Kannst du aufstehen und gehen?", fragte er und hielt Ethan eine Hand hin um ihn zu stützen.

Er stand im ersten Moment noch recht unsicher und hielt sich bei den ersten Schritten noch an der Tischkante fest.

„Naja… das muss reichen. Ist ja nicht weit. Warte kurz hier", erklärte Markes und kam kurz darauf mit einem Bündel Kleidung zurück, das er auf den Tisch legte, damit Ethan es anziehen konnte.

„Das hat…", er stockte, da er es nicht schaffte den Namen Alexander laut aus zu sprechen.

„Es liegt hier schon viel zu lange. Wird Zeit, dass es wegkommt", brummte er schließlich.

Ethan brauchte eine Weile, bis er es in Hose, Shirt und Schuhe geschafft hatte und Markes fiel es deutlich schwerer, ihn in diesem Aufzug noch anzusehen.

„Du gehst jetzt die Treppe hoch bis zur Ebene drei. Dann nach links den Gang runter. Labor B67. Sag Tailor, dass ich dich schicke."

Ethan nickte langsam.

„Wofür genau gehen wir dorthin?", fragte er, während er sich schon zur Tür wandte.

„Glaub mir, es wird schneller gehen, wenn du es nicht weißt. Tailor ist auch ein ziemlicher Misanthrop. Mit Menschen reden zu müssen, verprellt ihn oft. Und hör auf von dir in der Mehrzahl zu sprechen. Egal wie viele da in deinem Kopf rumspuken. Du bist nur einer!"

Der junge Mann verließ das Labor auf dem beschriebenen Weg. Es dauerte nicht lange bis er B67 erreichte und den Klingelknopf neben der schweren Stahltür betätigte. Einen Moment später wurde die Tür einen Spalt geöffnet.

Ein Gesicht mit viel zu vielen Falten für sein junges Alter erschien und glasige Augen musterten ihn von oben bis unten.

„Wer bist du? Was willst du?", fauchte die Gestalt kratzig.

„Markes schickt mich. Ich soll mich bei Tailor melden. Bin ich hier richtig?", fragte er und warf einen Blick auf die Nummer am Türschild.

„Ja bist du. Markes… hat er gesagt was er will? Sollst du was abholen?", fragte der Mann misstrauisch.

Als Ethan nachdenklich den Kopf schüttelte, huschte ein kurzes Grinsen durch die Falten, dann schlug die Tür wieder zu. Eine Weile passierte nichts, doch als Ethan gerade erneut klopfen wollte, wurde wieder geöffnet und diesmal soweit, dass er eintreten konnte.

Hinter der Tür lag ein kleines, recht verwahrlostes Büro. Alles war staubig und voller Spinnweben, als wäre es seit Jahren nicht mehr in Benutzung. Jedoch war es eher Tailors groteske Gestalt, die seine Aufmerksamkeit auf sich zog. Das faltige Gesicht, von langen strähnigen Haaren gesäumt, thronte halslos auf einem beinahe runden Körper. Der Kittel, den er trug schaffte es kaum, die massige Gestalt zu umschließen, so dass der Stoff sich stramm um ihn spannte. Lange tiefe Narben zogen sich an beiden Händen, angefangen zwischen Mittel und Ringfinger, über den Handrücken und verschwanden im Hemdärmel. Da Tailor nur Sandalen trug, konnte Ethan sehen, dass es an seinen Füßen die gleichen Narben gab.

„Los komm… Keine Zeit", forderte Tailor nun kurz angebunden, wandte sich um und ging durch eine zweite schwere Metalltür in den dahinter liegenden Raum.

Ethan folgte und wollte sich umsehen, doch es war stockdunkel. Nur das schwache Licht aus dem Büro warf einen fahlen Schein. Plötzlich schlug die Tür zu und einen Moment stand Ethan in völliger Dunkelheit. Von überall her hörte er leises Knacken und Klickern. Ein stark gedämpftes Licht schaltete sich an und nun sah Ethan, dass der gewaltige Raum gänzlich mit dicken weißen Spinnweben ausgekleidet war. Tailor hatte den Kittel abgelegt und seine Gestalt begann sich zu strecken und zu verformen. Seine Arme und Beine teilten sich an den Narben auf, so dass er nun die doppelte Menge an Gliedmaßen besaß mit jeweils zwei oder drei Fingern, beziehungsweise Zehen daran. Sein fetter Bauch löste sich und klappte durch seine Beine hindurch nach hinten. Der Kopf schob sich auf einem länger werdenden Hals nach vorn, wodurch die Haut in seinem Gesicht straffgezogen wurde. Unter den Falten kamen weitere kleine lidlose Augenpaare zum Vorschein, die sich über seine Stirn zogen. Tailor hatte seine Größe mehr als verdoppelt und sein spinnenartiger Leib war dürr und ausgemergelt.

„Ein schönes Geschenk, das Markes uns da gemacht hat…", erklärte er breit grinsend.

Ethan setzte an etwas zu erwidern, doch Tailor würgte nur kurz und spuckte ihn an. Ein großer Batzen aus klebrigem Sekret und weißen Fäden klatschte Ethan mitten ins Gesicht und bedeckte es ganz. Der junge Mann taumelte zurück und versuchte die Masse wegzuwischen, jedoch die klebte fest und versiegelte Mund, Nase und Augen. Auf seinen vier Beinen wankend, stürzte Tailor auf ihn zu und packte ihn. Breitbeinig richtete er sich auf, wobei er Ethan vom Boden hob.

Sein Hinterleib schob sich wieder nach vorn und begann aus einer Drüse ein klebriges fadenartiges Sekret abzusondern. Ein Armpaar ließ von Ethan ab, um die Spinnweben geschickt um sein Opfer zu schlingen.

Er drehte ihn dazu vor sich und nach wenigen Sekunden war Ethan komplett in einen weißen Kokon eingesponnen. Durch den Luftmangel begann er heftig zu zucken. Einen Moment lang genoss Tailor den Anblick des zappelnden Bündels, bevor er mit seinen spitzen Fingernägeln zwei kleine Öffnungen zu den Nasenlöchern stach. Gierig sog Ethan die Luft ein, während die Riesenspinne ein paar Tragfäden spannte, um ihr Opfer aufzuhängen. Ein dicker fleischiger Stachel schob sich aus einer Öffnung an seinem Hinterleib, den er schließlich keuchend in seine Beute trieb.

Ethan bäumte sich schreiend in den Fesseln auf und auch Tailor schrie schrill. Das Klickern und Rascheln im Raum schwoll wieder an und aus allen Ecken krochen faustgroße langbeinige Spinnen. Einige der größeren ließen sich an den Tragfäden zu Ethan herab und vergruben ihre fingerdicken Giftzähne in dem Kokon.

Das Zucken und Schreien, dass sich dadurch noch verstärkte, stimulierte Tailor, der seinen Stachel immer tiefer in ihn trieb.

Lange dauerte es nicht, bis auch die Riesenspinne zu zucken begann. Golfballgroße Eier wurden in Ethan gepresst. Nur kurz verschnaufte Tailor bevor er erneut begann, um sein Gelege noch einmal zu vergrößern.

Da Ethan sich danach kaum noch rührte und auch keinen Laut mehr von sich gab, verzichtete er auf ein drittes Mal, denn für seine Brut war es wichtig, dass die Beute möglichst lang am Leben blieb. Nun krabbelten weitere Spinnen auf ihn zu und begannen den senkrecht hängenden Kokon mit weiteren feinen Fäden zu verstärken. Tailor hingegen zog sich in eine Hängematte aus dicken Fäden zurück und beobachtete von dort aus zufrieden das Treiben.

Das Gift, das seine Kinder der Beute gespritzt hatten war reich an Adrenalin.
Bald würde das hübsche Bündel wieder zu tanzen anfangen und seine noch ungeborene Brut in sich wiegen.

15 - Konfiguration

Mit wütenden Schritten kam Professor Satorie in Markes Werkstatt gestürmt.

„Was zum Henker macht der Junge bei Tailor?!", fluchte Lorenzo aufgebracht und schlug mit beiden Fäusten neben Markes auf den Tisch. Dieser jedoch ignorierte ihn und starrte weiter auf den Bildschirm seines Computers.

„Bei Gott, Markes, ich schwöre dir…"

Der Angesprochene hob mahnend die flache Hand und brachte Satorie damit zum Schweigen. Er studierte noch ein paar Minuten den Monitor, bis er sich zu seinem Kollegen umwandte.

„Gerade du solltest den Namen des Herrn nicht für deinen Unmut missbrauchen. Du hast also mal wieder die Kameras geprüft und festgestellt, dass der Junge bei Tailor ist. Gut. Hast du auch gesehen, dass du gepfuscht hast und er dort völlig selbstständig hin marschieren konnte?"

„Ich habe nicht gepfuscht! In seinem Unterbewusstsein war eine weitere Persönlichkeit verborgen, mit der ich nicht gerechnet hatte. Hättest du mich nicht gestört, wäre…"

Markes unterbrach ihn erneut, indem er den Satz beendete.

„Wäre Zades Projekt ein weiteres Mal zum Scheitern verurteilt gewesen."

„Was redest du da für einen Blödsinn! Wie kommst du darauf?!", knurrte Satorie.

Je schlechter seine Laune wurde, desto besser wurde die von Markes.

„Ich? Ich bin da gar nicht draufgekommen. Das war der kleine Sprössling ganz allein."

Nun war es Satorie, der ihn mit wilden Handbewegungen drängte zum Punkt zu kommen. Markes schob sich mit seinem Stuhl nach hinten, um seinem Kollegen Platz am Computer zu machen.
„Sieh selbst. Das ist ein Simulationsprogramm, das ich schon vor vielen Jahren für Lutz entworfen habe. Es ist ziemlich komplex. Alle bekannten Parameter seines Projektes lassen sich dort bis ins letzte Detail genau eintragen. Schon die Eingaben in dieses Programm haben Lutz ein Jahr Zeit gekostet und er hält es immer noch auf dem aktuellsten Stand. Es ermöglicht eine ungefähre Simulation des Symbiosevorgangs. Ich sage bewusst „ungefähr", weil es in diesem Projekt zu viele offene Fragen gibt. Lutz hat in den Anfängen seiner Arbeit einfach zu viele Fehler gemacht. Er wollte zu schnell zu viel. Unkontrollierte Mutationen führen nun mal nicht zu kontrollierbaren Ergebnissen. Allerdings ist das Programm durch die bisherigen Testläufe ganz gut mit Daten gefüttert worden und liefert darum inzwischen eine Wahrscheinlichkeit von bis zu achtzig Prozent.
Es ist der einzige Strohhalm, an den Lutz sich noch klammert. Oder was glaubst du, warum er sich nicht schon längst eine neue Pflanze gezogen hat? Er kann es nicht! Er braucht eine erfolgreiche Symbiose, um überhaupt eine Chance auf Reproduktion zu haben.
Du kennst seinen ursprünglichen Plan, alle Menschen der Welt in Pflanzen-Symbionten zu verwandeln, um den Planeten zu retten? Krieg, Hungersnöte und so weiter abzuschaffen?" fragte Markes.
Satorie nickte, während er bereits die Simulationsparameter auf dem Monitor durchsah und es fiel ihm schwer, dies für eine Antwort zu unterbrechen.
„Dafür bräuchte er Milliarden von Pflanzen und eine Möglichkeit, sie auf der ganzen Welt zu verteilen.

Niemand, der noch bei klarem Verstand ist, würde freiwillig bei seiner Idee mitmachen oder willst du eine telepathisch vernetzte Wurzel werden?"
Markes schüttelte grinsend den Kopf.
„Ich glaube, inzwischen würde es ihm schon reichen, wenn die ganze Sache nur einmal funktioniert. Einfach damit sein halbes Leben, welches er darin investiert hat, nicht umsonst war."
Wieder nickte Satorie, nur verzichtete er diesmal auf einen Kommentar und konzentrierte sich ganz auf das Programm.
„Das ist brillant. Die Vitalwerte sind die ganze Zeit völlig ausgeglichen. Nur hier hinten gib es ein paar Spitzen, siehst du? Trotzdem liegt die Wahrscheinlichkeit bei 95 Prozent. Wenn das hier funktioniert, wird es Lutz wahnsinnig machen, dass er nicht selbst darauf gekommen ist", platzte es schließlich aus ihm heraus.
Markes nickte langsam.
„Die Frage ist doch, was wäre schlimmer für ihn, wenn das Projekt weiter nach seinen Vorstellungen läuft und scheitert, oder wenn er Hilfe bekommt und es gelingt?"
Satorie dachte eine Weile nach, bevor er sich zu einer Antwort durchrang.
„Ich fürchte, das werden wir nie bis zum Schluss klären können. Ich für meinen Teil will jedoch nach all den Jahren endlich sehen, was am Ende einer erfolgreichen Symbiose steht. Du nicht?"
„Ich möchte nach all den Jahren einfach nur ein Ende. Denn egal was passiert, ich habe mehr geopfert als es wert war", gab Markes zurück und deutete dann noch einmal auf den Computer.
„Kümmerst du dich darum, dass Lutz seine Parameter darauf anpasst, ich kümmere mich um den Sprössling."

Satorie erhob sich und nickte zufrieden.

„Du solltest ihn da rausholen, bevor Tailor - dieser Idiot - noch denkt, dass er den Jungen behalten darf."

Als die schwere Eisentür krachend aufgestoßen wurde, zuckte Tailor so heftig zusammen, dass er um ein Haar aus seiner Hängematte gefallen wäre. Mit weit aufgerissenen Augen starrte er Markes an, der den Türrahmen fast gänzlich ausfüllte.

„Neeeiiiiinnnnnn!" brüllte er aufgebracht, stolperte aus seinem Schlafplatz und baute sich zu voller Größe mitten im Raum auf.

„Komm schon Tailor. Gib ihn raus", forderte Markes ruhig und völlig unbeeindruckt von der Riesenspinne, die nun gut ein paar Köpfe größer war, als er selbst.

„Du kannst ihn nicht haben! Er ist perfekt! Das wird die beste Brut, die ich je hervorgebracht habe!", zischte Tailor bedrohlich.

Markes lachte leise, während er sich zur Seite beugte, um an der Spinne vorbei nach dem Kokon zu sehen.

„Du kannst froh sein, dass du noch lebst, mein törichter Freund."

Er deutete auf den nun wieder zuckenden Kokon, aus dem ein schwaches goldenes Licht hervorbrach.

Tailors Blick war dem Fingerzeig gefolgt und erneut lief ein heftiges Zucken durch seinen dürren Leib.

„Was… was ist das! Was tut es mit meiner Brut?!"

Er kreischte schrill und sofort schossen neue kleine Spinnen heran, um den Kokon weiter zu verstärken.

„Tailor! Es ist genug! Gib ihn raus! Er ist für Größeres bestimmt!", forderte Markes mit donnernder Stimme.

„Nein! Er gehört mir!"

Ein erneutes Kreischen sorgte dafür, dass einige der Spinnen nun auch auf Markes zu stürmten.

Dieser seufzte nur missmutig, trat einen Schritt zur Seite, setzte seine Schweißerbrille auf und schlug mit der Faust auf einen Knopf neben der Tür. Sofort wurde der ganze Raum in gleißend helles Flutlicht getaucht.
Die Spinnen mit ihren lidlosen Augen traf das Licht mit voller Wucht. Die kleinen glänzenden Leiber zogen sich klickernd in die Nischen und Löcher der Wände zurück. Tailor hatte sich zu Boden geworfen und den Kopf eingezogen, sodass die Hautfalten einige seiner Augen bedeckten.
Markes schritt durch den Raum und zog ein Messer mit glühender Klinge aus einer Scheide an seinem Gürtel. Zischend glitt es wie Butter durch die klebrigen Tragseile, die Ethans Kokon in der Luft hielten. Markes ließ ihn zu Boden fallen, griff sich ein paar der gekappten Seile, um ihn daran hinter sich herzuziehen. Tailor startete einen letzten Versuch, nach dem Kokon zu greifen und wurde daraufhin ebenfalls mitgezogen.
Es war nie leicht, der Spinne ihre Beute abzunehmen, aber so ein Theater wie dieses Mal hatte er noch nie erlebt.
„Es tut mir leid Tailor. Der Junge gehört Lutz. Den Preis für diese Brut kannst du nicht zahlen, also gib ihn auf. Deine Zeit wird noch kommen, aber nicht heute", erklärte er ruhig.
Tailor jaulte laut auf und sein gesamter Körper bebte vor Trauer, dennoch ließ er schließlich von dem Kokon ab.
Markes löschte beim Herausgehen das Licht und schloss die Tür hinter sich.

Wieder in seinem Labor, hob er den Kokon auf seinen Arbeitstisch und schnitt ihn routiniert mit seinem Messer auseinander.

Hervor kam eine strahlende Lichtgestalt, die sich unter Schmerzen keuchend wand, die Hände auf den buckelig prallen Bauch gepresst. Das Leuchten kam direkt aus der Blutbahn und verwandelte jede noch so kleine Ader in eine gleißende Lichtquelle, wodurch sich die dunklen Eikugeln deutlich unter der Bauchdecke abzeichneten.

„Na Sprössling, genug Eiweiß?", fragte Markes, während er ihn fasziniert musterte.

„Es tut so weh… ich kann nicht…", keuchte Ethan mit bebender Stimme.

Langsam nickend wandte Markes sich ab, kramte in einem seiner Schränke und kam schließlich mit einer Spritze zurück, die er dem jungen Mann in den Nacken verabreichte.

Nach wenigen Atemzügen erlosch das Licht zu einem schwachen Glimmen und die Schmerzen ließen etwas nach. Markes half ihm sich aufzusetzen.

„Wie geht es nun weiter? Willst du wieder zu Lutz?"

Der junge Mann schüttelte vehement den Kopf.

„Nein…, wenn es mir so schlecht geht, wird sie mich nicht annehmen."

Der Hüne überlegte einen Moment, bevor er sich zu einer Antwort durchrang.

„Ich kann dein Schmerzzentrum kappen. Bei den militärischen Drohnen, an denen ich arbeite, soll das ein Standardverfahren werden."

„Als Dauerzustand wäre das nicht gut."

Keuchend, eine Hand an den Bauch gepresst, schob Ethan sich mit den Beinen voran über den Rand des Tisches um aufzustehen und wankte anschließend in Richtung von Markes` Büro.

„Zeig mir die Details zu deiner Forschung, Menschen in Drohen umzuwandeln.

In Teilen ist es doch sowieso das, was Lutz sich für mich vorgestellt hat, als er dich um Hilfe bat. Habe ich recht?"

„Woher…", setzte Markes überrascht an.

„Ich höre gut zu und nutze mein im Moment sehr bruchstückhaftes Wissen. Bis du es gerade bestätigt hast, war das nur eine Vermutung. Jetzt zeig es mir. Wir haben nicht viel Zeit. Dieser Körper war in letzter Zeit zu vielen gravierenden Belastungen ausgesetzt, er wird bald kollabieren."

Markes war so perplex, dass er ein paar Atemzüge brauchte, um Ethan in sein angrenzendes Büro zu folgen. Der junge Mann hatte bereits an dem großen Rechner Platz genommen. Nachdem er ihm alles Nötige auf die Bildschirme gelegt hatte, stellte sich Markes hinter den Stuhl und beobachtete das Geschehen.

„Erklär es mir!", forderte er, als Ethan ein neues Projekt aufrief, um selbst eine Drohne zu konfigurieren.

„Mit ein paar kleinen Abweichungen der Parameter lassen sich die Modifikationen, die du vornimmst wieder umkehren. Für einen gesunden Organismus ist ein funktionierendes Schmerzempfinden wichtig als Alarm- und Schutzfunktion.

Des Weiteren wird es schwer, Lutz zu überzeugen, einige Details an seinen Versuchseinstellungen zu verändern. Je mehr die Dinge so laufen, wie er es sich vorgestellt hatte, desto besser stehen die Chancen, dass er kooperiert. Er erwartet mich in Gestalt einer deiner Drohnen. Dann soll er das bekommen." Seine Finger flogen über die Tastatur.

„Bekommst du das so hin?", fragte Ethan schließlich und sah fragend zu Markes auf, der immer noch auf den Bildschirm starrte, letztlich aber nickte.

„Dann lass uns anfangen!"

16 - Hülle

Ethan hatte in einem Rollstuhl Platz genommen und Markes schob ihn vor sich her durch die langen Flure.

„Die Lager- und Produktionsräume meiner Arbeit sind in einem anderen Teil des Gebäudes. Vieles läuft dort inzwischen automatisch und das ist mir zu unruhig", erklärte Markes.

Kurz darauf hielten sie vor einer großen Tür und Markes tippte einen Code in das Bedienfeld daneben, um sie zu entriegeln. Dahinter lag eine große Halle, voll mit drei Meter hohen, zylindrischen Nährstofftanks. Jeder davon enthielt einen Menschen, oder zumindest etwas, das einmal ein Mensch gewesen war. Durch Amputation und mechanische Bauteile entstellte Leiber trieben aufrecht-stehend in klarer gelblicher Flüssigkeit.

„Sind sie noch am Leben?", fragte Ethan mit Blick auf einen Mann. Seine Bauchdecke fehlte und statt Organen wanden sich Kabel und Schläuche um Pumpen und Zylinderköpfe.

Im Tank daneben schwebte der kopf- und gliederlose Torso einer Frau. Zehn lange spinnenartige Beine aus schwarzem Metall ragten aus ihren Seiten.

„Das kommt wohl darauf an, wie du Leben definierst. Die Körper sind intakt, wenn du das meinst. Aber die Verbindungen zu ihrem Gehirn, falls noch vorhanden, sind gekappt."

Ethan nickte und sah sich weiter um. Er wirkte durch dieses Horrorkabinett in keinster Weise beunruhig. Zwar hatte Markes gehofft, dass ihm der junge Mann hier keine große Szene machte, aber diese völlige Gleich-gültigkeit erinnerte ihn schmerzhaft an die letzten Jahre von Alexander. Er wollte seinen Gang gerade beschleu-nigen, als Ethan die Hand hob um ihn zu stoppen und auf einen der Tanks deutete. Der Mann darin leuchtete innerlich. Ein armdickes Bündel schwarzer Kabel kam aus seinem aufgerissenen Mund, teilte sich auf und stach auf seinem ganzen Körper verteilt wieder durch die Haut zurück in sein Inneres. Durch das Leuchten war zu erkennen, wie die Kabel an einem Knotenpunk, wo früher einmal sein Herz gewesen war, zusammenliefen und sich zu seiner Kehle hinauf wieder bündelten. Ein bizarrer Kreislauf. Jedoch war das nicht der Grund, warum Ethan gestoppt hatte.

„Er kommt mir bekannt vor. Kenne ich ihn?"

Markes trat dichter an den Tank, um den Namen auf der kleinen Anzeigetafel zu lesen.

„James van Haudt. Er muss mit dir zusammen vor ein paar Monaten auf der Insel angekommen sein."

Ethan nickte langsam mit nachdenklicher Miene.

„So kommst du an deine Versuchsobjekte oder? Diejenigen, die nicht mehr gebraucht werden, landen in deinem Labor."

Markes zuckte mit den Schultern.

„Überwiegend. Meist die Reste von Laborunfällen. Es ist eher selten, dass ich unversehrte Körper bekomme.

Das in den Tanks sind überwiegend Studien. Experimente darüber, was machbar ist und was nicht. Meine eigentliche Arbeit ist hier."

Sie passierten eine weitere große Tür. Die Halle dahinter war riesig. Fließbänder und gewaltige Maschinen erfüllten den Raum mit produktivem Lärm. Der Geruch von Blut vermischt mit Schweröl lag in der Luft. Ethan erkannte, dass auch hier menschliche Körper das Kernstück der Arbeit waren. Sie hingen reglos in Haltegestellen auf den Fließbändern bis sie in einer der riesigen Maschinen verschwanden.

„Ist das die Produktion der Clone?"

Markes nickte.

„Woher bekommt du die Rohstoffe dafür?", fragte Ethan während er sich weiter umsah.

„Ein echter menschlicher Körper liefert das Basismaterial für vier bis fünf Clone. Wir haben Verträge mit einigen Nationen. Sie versorgen uns mit diesem Rohstoff. Meist gefallene Soldaten. Dafür beliefern wie sie im Anschluss mit Clonen. Sie kommen meist zum Einsatz, wenn für militärische Aktionen in den Medien viele Leichen benötigt werden."

Markes schob ihn weiter in ein angrenzendes Labor. Weißes Licht schaltete sich ein, als sie den Raum betraten, wodurch sofort der große massive Quader ins Auge fiel, der wohl als Untersuchungstisch diente. Dennoch wirkte alles hier eher wie eine unfertige Baustelle. Überall um den Tisch herum hingen Schlaufen von Kabeln und Schläuchen, als hätte jemand das Innenleben der Decke grob ausgeweidet. Fragend hob Ethan den Blick zu Markes, doch dieser schob den Rollstuhl unbeirrt weiter bis an den Tisch heran.

„Mir ist es nicht wichtig, wie es aussieht, solange es funktioniert. Ich arbeite allein hier und lege keinen Wert auf eine sauber polierte Umgebung. Was in diesen Räumen geschaffen wird ist alles andere als glanzvoll. Bei all dem Schein tut es gut, einige Dinge klar sehen zu können."

Ethan legte den Kopf leicht schief, während er Markes weiter von unten herauf musterte.

„Tust du das?", fragte er und in seinem Blick lag etwas Lauerndes, was der Wissenschaftler nicht deuten konnte.

Ethan wandte den Blick wieder ab und wechselte das Thema.

„Das hier ist das eigentliche Kernstück deiner Arbeit, oder?"

Einen Moment lang schwieg der Hüne, bevor er sich zu einer Antwort durchrang.

„Wir sind noch weit davon entfernt, aus den Clonen einsatzfähige Drohnen zu produzieren. Clone sind lediglich ein künstlich gezüchtetes Produkt in menschlicher Form. Ein natürliches Gehirn ist jedoch zu komplex für einen Nachbau und die Fehlerquote beim Clonen ist zu hoch für ein funktionierendes Geschäftsmodell. Allerdings sind wir inzwischen sehr gut darin, einen echten Menschen zu modifizieren. Du weißt das, du hast meine Unterlagen gelesen. Bisher haben wir aus ihnen lediglich ein paar funktionierende Servicedrohnen für den Eigenbedarf geschaffen."

Während er sprach trat er an dem Rollstuhl vorbei zu dem Quader. Ein Fach öffnete sich an dessen Seite, als Markes mit der Hand darüberstrich. Ethan nickte, während er ihn weiter beobachtete und mit ausdrucksloser Miene den Ausführungen lauschte.

„Professor Satorie kümmert sich um die mentale Software und ich sorge hier für die nötige Hardware. Sämtliches Personal, welches auf dieser Insel hinter den Kulissen agiert, ist auf diese Weise entstanden. Wachpersonal, Gärtner, Köche, bis hin zu den Putzkolonnen."

Aus dem Schubfach hatte er ein paar flache Metallbänder genommen, die er Ethan nun um die Stirn, sowie Hand- und Fußgelenke legte. Anschließend half er ihm dabei, sich bäuchlings auf den Untersuchungstisch zu legen. Ethan keuchte durch die Belastung auf seinen stark geschwollenen Bauch. Kaum, dass er jedoch lag, gab die starre Oberfläche nach und der junge Mann sank wie auf einer Schaumstoffmatte ein. Plötzlich schreckte er noch einmal hoch und packte Markes Arm.

„Was ist los, hast du es dir anders überlegt?", fragte der.
„Das letzte Problem… erinnerst du dich? Ich sagte, zwei
große Probleme. Das eine war das fehlende Eiweiß.
Ich weiß jetzt die Lösung. Ich habe sie die ganze Zeit
gewusst, nur konnte ich mich nicht erinnern. Du musst
in mein Labor gehen und die Tanks zerstören. Es ist
wichtig, sonst wird die Symbiose am Ende erneut
scheitern", flehend sah er zu Markes auf.
„Was ist in den Tanks?"
„Genetisch veränderte Cyanobakterienkulturen. Die
Früchte der Mandragora sind ein Hauptbestandteil von
ihnen. Sie sind nötig, um den Prozess zu stabilisieren."
Markes nickte knapp.
Noch einmal holte der junge Mann tief Luft, bevor er
sein Gesicht in den Untergrund sinken ließ. Schnell
musste er feststellen, dass er trotzdem normal weiter
atmen konnte, jedoch gelang es ihm nicht mehr sich zu
bewegen, da sich die Metallmanschetten, die er trug,
magnetisch an den Tisch geheftet hatten.
Markes legte Kittel und Hemd ab, warf alles achtlos auf
den Boden. Sein gesamter Oberkörper war mit elektro-
nischen Implantaten überzogen. Die ganze Wirbelsäule
hinunter klebten kleine Anschlüsse, sowie auch direkt
auf den kräftigen Muskeln an Brust, Rücken und an den
Oberarmen.
Er ließ sich in einen massiven mechanischen Sessel
fallen, der in einer Ecke des Raumes stand. Kaum darauf
Platz genommen, schoben sich Kabel wie lebendige
Würmer aus Öffnungen in Arm- und Rückenlehne und
stachen in die Anschlüsse seiner Implantate. Ein
Schauer rann durch das Kabelgewirr, das unter der
Decke hing und als Markes die Finger zu bewegen
begann, kam Leben in sie. An ihren Enden befanden sich
feinste chirurgische Werkzeuge, die sich auf Ethan

hinunter senkten. Dünne Spritzen setzten lokale Betäubungen, bevor Laserskalpelle die Haut aufschnitten. Greifer versenkten kleine Implantate in die Wunden und verklebten diese. Ein medizinisches Ballett zog sich Ethans Wirbelsäule entlang, sowie an seinen Schläfen, alles von Markes mit konzentrierter Miene dirigiert.

Als sämtliche Bauteile fertig montiert waren, lief ein heftiges Zucken wie bei einem Stromschlag durch den jungen Körper. Das Kabelballett erstarrte und auch Markes verharrte nachdenklich, bevor er seine Finger auf der Armlehne wie auf einem Bedienfeld bewegte. Die Manschetten, die Ethan fixiert hielten, lösten sich und der gesamte Tisch versank langsam im Boden, ohne dass der Körper ihm jedoch folgte. Durch ein magnetisches Feld wurde er weiterhin in der Schwebe gehalten.

Nachdem der Tisch vollständig verschwunden war, drehte sich der reglose Leib aufrecht. Der Blick des jungen Mannes ging ins Leere, als hätte man ihn lebendig eingefroren. Markes erhob sich langsam von seinem Thron, ohne dass sich die Kabel von ihm lösten. Wie ein König seine Schleppe zog er sie hinter sich her, während er dichter an Ethan herantrat.

„So, kleiner Sprössling... Jetzt ist alles so wie du es haben wolltest. Nichts tut mehr weh und alles ist still, jedenfalls für den Moment... jetzt müssen wir das Geschenk für Lutz nur noch hübsch verpacken. Was meinst du, worüber er sich am meisten freuen würde?"
Ein kurzes Grinsen huschte über seine Lippen, bevor er sich wieder umwandte und zu seinem Sitzplatz zurückkehrte.
Erneut kam Leben in das Kabelgewirr.

Kleine Greifer zogen Ethans Augenlider auseinander, damit ihm schwarze Kontraktlinsen eingesetzt werden konnten. Nasen- und Ohrenstöpsel folgten. Dünne Schläuche mit Düsen senkten sich von der Decke und begannen ihn mit einer Flüssigkeit einzusprühen, die wie schwarzer Lack auf seiner Haut haften blieb. Abschließend injizierten ihm mehrere haarfeine Spritzen etwas in die Brustmuskulatur, woraufhin diese zu prallen weiblichen Brüsten anschwoll.

Das Kabelgewirr zog sich unter die Decke zurück und Ethan wurde auf seine Füße gestellt. Markes schnippte einmal und ein kurzes Zucken lief durch die schwarze Gestalt, bevor sie mit geschmeidigen Bewegungen ein paar Schritte auf ihn zu kam.

Der Hüne in seinem Thron ließ einen Finger kreisen und sein Werk begann lasziv vor ihm zu tanzen, damit er es von allen Seiten betrachten konnte. Eine Sexpuppe aus schwarzem, glänzendem Latex mit männlichem Körperbau, aber Bauch und Busen einer Schwangeren.

Das Grinsen in Markes Gesicht wurde breiter, denn ihm gefiel das Bild, welches er geschaffen hatte.

„Geh zu Lutz Zade. Du gehorchst jetzt ihm", erklärte er mit fester Stimme, woraufhin Ethan abrupt den Tanz beendete, sich umwandte und zielstrebig das Labor verließ.

Markes sank etwas tiefer in seinen Sessel und sah ihm nach.

„Viel Glück, kleiner Sprössling. Auf dass du das Ende einleitest, worauf ich schon so lange warte."

17 - Familie

Die Miene des Professors verfinsterte sich, als er über die Türkamera die schwarze Gestalt vor seinem Labor erblickte.

„Was zum Teufel soll das? Ist das auf deinem Mist gewachsen?", fragte er Satorie der neben ihm stand und betätigte den Türöffner.

Als der Geistliche die Latexdrohne sah, bekreuzigte er sich reflexartig und trat einen Schritt nach hinten.

„Markes blasphemischen Humor habe ich noch nie verstanden", erwiderte er abfällig.

„Wenn dieser Unfug die Symbiose in irgendeiner Form stört, bringe ich den eigenbrötlerischen Mistsack um! Was soll mir dieser verdammte Babybauch sagen? Frohe Erwartungen für mein Projekt? Und seit wann steht Markes auf Titten? Du siehst ihn öfter als ich, wird er langsam irre da unten?", fluchte Lutz aufgebracht.

Die Drohne reagierte sofort auf seine Stimme, trat dichter zu ihm. Umgehend nahm die Gesichtsfärbung des Professors einen ungesunden rot Ton an.

Es fiel Lorenzo schwer, den Blick von der glänzenden Gestalt zu nehmen, doch als er die aufsteigende Wut seines Freundes bemerkte, zwang er sich dazu.

„Wir haben diesen Versuchsaufbau gerade so intensiv vorbereitet. Lass dich nicht von ihm ärgern. Ich bin sicher, dass er nichts getan hat, um dein Projekt zu gefährden. Du startest den Durchlauf so wie besprochen und ich werde noch einmal mit Markes reden, okay?", versuchte er mit sanfter Stimme seinen Kollegen wieder zu beruhigen.

Lutz nickte nur knapp. Er packte die Drohne am Arm, um sie hinter sich her zur Mandragora zu ziehen.

Lorenzo betrachtete die Szene vom Überwachsungsraum aus. Er war hin und her gerissen zwischen Wut, Faszination und Abscheu. Wut darüber, dass Markes mit dieser Kreation eindeutig beabsichtigt hatte, Lutz auf die Palme zu bringen und das, nachdem er gerade einen einstündigen Ritt auf der Klinge des Feingefühls hinter sich hatte, um Lutz von den Parameteränderungen zu überzeugen. Faszination, wie raffiniert sein Kollege den von Spinneneiern aufgeblähten Bauch kaschiert hatte und Abscheu über so eine gottesverachtende Schöpfung.
Oben auf dem Podest angekommen, öffnete der Professor das Geländer und stieß die Drohne über die Kante.
„Bleib da liegen!", forderte er mit fester Stimme, bevor er sich umwandte, um wieder in den Überwachungsraum zu gehen.
Dies war das erste Mal, dass Lutz nicht dabei zusah, wie seine Schöpfung ihre Beute in sich aufnahm, denn der Anblick seiner sterbenden Pflanze schmerzte ihn einfach zu sehr. Die Mandragora schaffte es gerade noch, zwei ihrer riesigen Kronenblätter aufzustellen, die anderen hingen weiter schlaff und bräunlich nach unten. Auch die Bandagen-Blätter hatten deutlich an Kraft verloren, denn nur noch wenige wanden sich um die zuckende Beute.
„Sie kann kaum noch Sekret bilden, um diese dämliche Hülle zu zersetzen. Ich dreh diesem Bastard den Hals um und stopf ihm seine eigenen Kabel in den Rachen, wenn das hier wegen ihm scheitert!", zischte Lutz, als er wieder bei Lorenzo ankam.
Da dieser noch nie gern gesehen hatte, wenn das Riesenunkraut einen Menschen verschlang, verließ er einfach schweigend das Labor.

Die ersten zwei Stunden waren für Lutz die reinste Hölle, denn er rechnete jeden Moment mit einem Abfall der Vitalwerte, da der Prozess einfach nicht in Gang kam. Es gab kein Leuchten in den Blättern der Mandragora und auch der sonst übliche Energieschub, der dem Gewächs neues Leben einhauchte, blieb aus.

Gerade wollte der Professor die mit Lorenzo besprochenen Änderungen wieder rückgängig machen, als er das schwach glühende Netz aus grünen Adern erkannte, das sich über die gesamte Wurzel auszubreiten begann.

Lutz verließ den Kontrollraum, um dichter an den Tank zu treten.

„Wie kann das sein? Das sollte erst nach 12 Stunden einsetzen…", fragte der Professor irritiert.

Sanft ließ er die Finger über das Glas des Nährstofftanks gleiten. Bei genauerem Hinsehen fiel ihm jetzt auch auf, dass die Wurzelhaut sich deutlich gestrafft hatte und eng am Wirtskörper anlag. Die weiblichen Brüste waren verschwunden, nur der pralle Bauch zeichnete sich immer noch deutlich ab. Dieser Versuchsdurchlauf war völlig anders als alles, was Lutz bisher gesehen hatte.

Die Pflanze schien keinerlei Energie in die Regeneration ihrer Blätter zu stecken, sondern alles direkt in der Wurzel zu behalten.

„Das ergibt keinen Sinn. Du brauchst deine Blätter für die Photosynthese… Was hast du vor? Übersehe ich etwas?", grübelte Lutz laut und tigerte dabei im Kreis um den Tank herum.

Die sichtbaren Veränderungen, die sich in den kommenden Stunden zeigten, traten so schleichend auf, dass er sie kaum wahrnahm.

Der Bauch wurde flacher, die Gliedmaßen lösten sich von der Hauptwurzel und die Konturen des Körpers zeichneten sich immer detaillierter auf der Wurzelhaut ab.

Sechsundzwanzig Stunden waren vergangen, ohne dass Lutz sich eine Sekunde Schlaf oder eine Pause zum Essen gegönnt hatte. Der schrille Ton seines Pipers ließ ihn heftig zusammenzucken.
„Was verdammt noch mal willst du, Lorenzo?!", brüllte er in die Gegensprechanlage.
„Du musst sofort mit deinem Frostmittel in Ethan Lanes Labor kommen! Diese Cyanokulturen drehen hier gerade völlig durch! Die Rote beginnt den Tank aufzulösen. Markes und ich versuchen, es aufzuhalten, aber wir wissen nicht, wie lange das noch gut geht.
Du kennst dieses Projekt am besten, wir schaffen es nicht ohne deine Hilfe!"
Rasend vor Wut stürmte Lutz aus seinem Labor.
Als er kurz darauf in Ethans Forschungsräumen ankam, fand er seine beiden Kollegen inmitten einer Verwüstung aus Scherben und umgestürztem Mobiliar. Lorenzo war gerade dabei, eine großflächige Fleischwunde an Markes Arm zu versorgen, die aussah, als hätte ihm etwas die Haut einfach abgeschält.
„Es tut uns leid… sie sind gerade in der Lüftung verschwunden…", erklärte Markes mit schmerzverzerrter Miene und deutete auf ein Loch in der Wand mit den verätzten Resten eines Lüftungsgitters.
„Ihr Idioten!", brüllte Lutz völlig außer sich und stürzte zurück Richtung Keller.
Schon von weitem hörte er den durchdringenden Alarm eines Laboreinbruchs.
Aufgrund der automatischen Sicherheitsabriegelung brauchte der Professor mehrere Minuten, bis er die Tür wieder entsperrt hatte, was seine Raserei noch steigerte.

Der Anblick, der ihn bei der Mandragora erwartete, ließ ihn völlig erstarren. Gut ein Drittel der Nährlösung war aus dem Tank geschwappt, dafür schwammen nun die drei Cyanokulturen in langsamen Kreisen um die Wurzel. Noch bevor Lutz seinen ersten Schock überwunden hatte und darüber nachdenken konnte, wie er die drei Gelhaufen dort wieder herausbekam, lösten diese ihre feste Form auf und begannen ineinander zu fließen. Ein bunt waberndes Farbenspiel entstand, für dessen Schönheit der Professor jedoch keinen Blick übrighatte.

Er stürzte zu seinen Überwachungsmonitoren, um zu prüfen, wie die Kulturen sich auf die Mandragora auswirkten, musste jedoch zu seinem Erstaunen feststellen, dass alle Werte absolut waren.

„Das kann doch gar nicht sein…", stammelte er und ließ sich in seinen Bürostuhl fallen. Abwechselnd starrte er auf die Monitore und den riesigen Tank, der nun einer futuristischen Lavalampe glich.

Langsam erhob er sich und trat dichter an den Tank heran, um zu prüfen, ob es eine optische Veränderung an der Pflanze gab. Aus der Nähe erkannte er ein Muster in der Bewegung des farbigen Schleims. Immer im Wechsel legte sich eine der Kulturen als dünner Film um die Wurzel. Soweit Lutz es erkennen konnte, wurde diese Schicht dann langsam absorbiert und nach einer Weile wieder als dicke Schweißperlen abgesondert, bevor sich der Vorgang wiederholte. Innerlich brodelte es in dem Professor, da er absolut nicht verstand, was hier gerade vor sich ging.

In den nächsten Stunden änderte sich nichts in dem Prozess. Diese Eintönigkeit und das ruhige farbige Wabern im Tank führten schließlich dazu, dass sein Adrenalinspiegel soweit sank, dass die mentalen

Anstrengungen der letzten Stunden ihren Tribut forderten und Lutz auf dem Stuhl vor seinem Überwachungsmonitor einschlief.

Erneut war es ein schriller Ton, der ihn hochschrecken ließ. Dieser ging ihm bis ins Mark, denn er kannte ihn all zu gut. Der Alarm, dass die Vitalwerte der Mandragora drastisch abfielen, dröhnte ihm in den Ohren.

Im nächsten Moment setzten auch schon die Krämpfe in der Wurzel ein, bevor sie ihr Innerstes ein letztes Mal ausspie. Kaum, dass der von grünem Sekret überzogene Körper den Boden berührte, vertrockneten sämtliche Kronenblätter und durch die Bewegung der Cyanokulturen im Tank brach auch die faltige Wurzelhülle auseinander und sank in einzelnen Stücken auf den Grund. Fassungslos fiel Lutz auf die Knie und starrte auf das Trümmerfeld seines Lebenswerkes.

Erst als ein Zucken in den menschlichen Körper kam und dieser hustend nach Luft rang, rappelte er sich wieder auf. In einer rasenden Mischung aus Wut und Verzweiflung stürzte der Professor zu dem jungen Mann, der in seiner äußeren Form wieder Ethan entsprach.

Kurz bevor er ihn erreichte, baute sich plötzlich eine rote Wand vor ihm auf. Erschrocken taumelte er ein paar Schritte zurück. Die Cyanokulturen waren wieder aus dem Tank gekrochen. Während die Rote einen Schutzwall zwischen Ethan und dem Professor bildete, waren die anderen beiden als Klumpen zu dem jungen Mann gekrochen und dienten ihm nun als Stützen, damit er sich aufrichten konnte. Da Lutz nur noch fassungslos auf die Szene starrte, sank die rote Wand wieder in sich zusammen, blieb aber weiterhin zwischen ihnen.

Jetzt erkannte der Professor auch, dass Ethan nicht nur durch das Sekret grün wirkte, sondern dass seine Haut sich farblich verändert hatte.

Nachdem das Husten abgeebbt war und der junge Mann wieder normal atmen konnte, begann er sich selbst zu mustern. In seinem Blick lag das Staunen eines kleinen Kindes, das die Welt zum ersten Mal betrachtete. Langsam bewegte er die Hände vor seinem Gesicht und ließ den Blick dann über seinen Körper kreisen. Nachdem er mit sich selbst fertig war, begann er seine Umgebung zu mustern, bis seine Augen schließlich die des Professors trafen. Das Staunen wurde zu einem Lächeln und er legte den Kopf leicht schief.

„Hallo Vater!"

18 - Kommunikation

Der rote glasige Klumpen zwischen ihnen kam wieder in Bewegung und begann sich zu verformen. Auswüchse bildeten sich, die zu menschlichen Gliedmaßen wurden und auch ein Kopf nahm immer deutlichere Konturen an. Schon nach wenigen Sekunden erkannte der Professor auch, wessen muskulösen Körper die Cyanokultur nachbildete.

„Wie ist das möglich?", stammelte er und trat einen weiteren Schritt zurück.

Die äußere Schicht der glasig roten Gestalt begann sich zu trüben, bis sie die Farbe menschlicher Haut angenommen hatte. Augen und Haare blieben jedoch weiterhin rot.

Mit grimmiger Miene und geballten Fäusten musterte der nackte Mann den Professor stumm.

„Jeason?", fragte Lutz schließlich.

Jedoch war es der grünhäutige Ethan, der darauf antwortete.

„Sein Name ist Asto. Willst du noch die anderen kennen lernen?"

Nun kam auch Bewegung in die beiden übrigen Cyanokulturen. Die größere Grüne nahm die Gestalt einer schlanken jungen Frau an mit sanften Gesichtszügen und langen grünen Haaren, die kleine Blaue wurde zu einem ungefähr siebenjährigen Jungen, der mit trotziger Miene unter seinem blauen Wuschelkopf zu Lutz aufsah. Die farbigen Haare und Augen der Drei waren nun das Einzige, was noch an ihre vorherige Erscheinung erinnerte.

„Das… bin das ich?", fragte der Professor.

„Ja und nein", gab Ethan zurück und deutete auf den Jungen.

„Sein Name ist Blue und das hier ist Sina", erklärte er und legte eine Hand auf die Schulter der jungen Frau.

„Sie sind meine Familie. Sie sind ein Teil von mir, wie ich einer von ihnen bin. Verstehst du es?"

Zade atmete tief durch und setzte sich dann in Bewegung, um die Vier zu umrunden, während er nachdachte. Asto folgte ihm so, dass er auch weiterhin zwischen ihm und den anderen blieb.

„Vier Persönlichkeiten in einem Kopf sind zu viel für einen gesunden Geist. Du hast dieses Problem umgangen, indem du die Überschüssigen in die Cyanokulturen ausgelagert hast? Wie funktioniert das? Hast du Zugriff auf sie? Seid ihr so etwas wie eine Schwarmintelligenz?"

Bevor Ethan antworten konnte, fasste Blue seinen Arm und zog daran, während er in Richtung des Tanks und den verdorrten Überresten der Pflanze deutete.

„Geh ruhig spielen", antwortete er knapp auf die nicht ausgesprochene Frage und sofort stürmte der Junge stumm jauchzend los.

Sina nickte nach einem Seitenblick von Ethan und folgte dem Kind mit elegant schwingendem Gang. Sie nahm auf der Treppe neben dem Tank Platz, von wo aus sie Blue beobachtete, der ausgelassen in dem trockenen Laub herumtobte und immer wieder Hände voll Staub und Blätterbruchstücken in die Luft warf.

„Und, Vater, bin ich so wie du es dir vorgestellt hast?", fragte Ethan und drehte sich einmal um sich selbst.

Dieser schüttelte den Kopf, während er staunend und mit wachsender Faszination die ganze Szenerie betrachtete.

„Absolut nicht… Ich muss dich… euch untersuchten, um zu verstehen, was hier passiert ist!"

Sofort verfinsterte sich Astos Miene und er trat dichter an Ethan heran.

„Er traut dir nicht. Du hast beinahe jeden Wirt von uns getäuscht, um an dein Ziel zu kommen.

Die Erinnerungen daran sind in uns gespeichert."

Lutz schwieg eine Weile nachdenklich.

„Sie sprechen nicht, aber du verstehst sie trotzdem. Ihr kommuniziert telepathisch, habe ich recht? Wie stark seid ihr mental vernetzt? Weißt du alles, was sie wissen oder redet ihr nur miteinander? Wie weit ist deine telepathische Fähigkeit entwickelt, kannst du auch die Gedanken anderer Spezies lesen?"

Er hatte entschieden, Ethans letzte Sätze einfach zu ignorieren, denn ihm fiel absolut nichts ein, um sie in dieser Situation wirkungsvoll zu entkräften. Asto sah ihn verächtlich an und wandte sich zu Sina und Blue ab. Der kleine Junge hatte angefangen, einzelne Bröckchen, die er fand, mit stolzer Miene der grünhaarigen Frau zu präsentieren. Sie nahm ihm jedes davon ab und legte es behutsam neben sich auf die Treppe, während sie ihn mit liebevollen Blicken bedachte. Wie eine Mutter, die selbstgemalte Bilder von ihrem Kind geschenkt bekommt oder Muscheln am Stand, dachte Lutz, der Astos Blick gefolgt war.

„Es gibt in dieser Sprache nicht die richtigen Worte, um zu beschreiben, wie wir kommunizieren. Weißt du, wie sich Bäume in einem Wald miteinander verständigen?", riss Ethan ihn aus seinen Gedanken.

„Natürlich. Kommunikation von Pflanzen gehörte zur Grundlagenforschung meiner Arbeit", gab der Professor zurück und stockte dann. Sein Blick blieb wieder an dem spielenden Jungen hängen, während er weitersprach. „Und weil ich es wusste, bevor ich zu einem Teil von dir wurde, weißt du es auch, ohne dass du jemals einen Baum, geschweige denn einen Wald gesehen hast."

Ethan lächelte.

„Du beginnst es zu verstehen. Unsere Kommunikation ist viel komplexer als die von Pflanzen. Wir nutzen auch die chemische Verständigung über Duft- und Botenstoffe, so wie du es gelernt hast, aber an dieser Stelle hören wir nicht auf. Akustische Verständigung, optische Verständigung und nicht zu vergessen die geistige Verständigung. Letzteres durch die Zugabe der Kristallforschung. Du hast sie durch Wilson bei Ethan als Energiequelle eingesetzt und er bei seiner Cyanoforschung als Formgeber für die einzelnen Kulturen. Wir konnten diese Eigenschaften bei der Symbiose für uns nutzbar machen."

Lutz nickte nachdenklich.

„Das musst du mir noch detaillierter erklären. Ich will genau wissen, wie alles funktioniert!

Komm, wir müssen ein paar Tests machen. Ich brauche Proben von euch. Es gibt noch so viele offene Fragen, die jetzt geklärt werden müssen!"

Je mehr der Professor seinen ersten Schock über den unerwarteten Ausgang seines Experimentes verarbeitete, desto stärker brach wieder der Wissenschaftler in ihm durch. Ruckartig wandte er sich ab und ging mit großen Schritten auf den Überwachungsraum zu, wobei er Ethan zu verstehen gab, ihm zu folgen. Dieser setzte sich nur langsam in Bewegung und blieb gefolgt von Asto an der Türschwelle stehen.

„Auch wenn wir viel Wissen gespeichert habe, müssen wir trotzdem noch viel lernen. Wir wollen die Dinge, die für unsere Wirte selbstverständlich waren mit eigenen Augen sehen. Wir wollen die Welt sehen!"

„Alles zu seiner Zeit! Erst die Tests. Wer weiß, wie du auf Sonnenlicht reagierst? Die Gefahr ist zu groß, das kommt vorerst nicht in Frage!", entgegnete Zade, ohne überhaupt aufzusehen.

Emsig war er damit beschäftigt, verschiedene Utensilien zusammenzusuchen. Ethan verzog nur leicht die Miene, während Astos Muskeln sich bereits wieder deutlich anspannten.

„Ich bin eine Pflanze. Ich denke, das Risiko mit dem Sonnenlicht, bin ich bereit einzugehen!", unterstrich Ethan noch einmal seinen Wunsch mit deutlich mehr Nachdruck in der Stimme.

Der Professor musterte den jungen Mann von oben bis unten.

„Das ist interessant. Du siehst dich also als vollwertige Pflanze? Ich muss verschiedene Gewebeproben nehmen, um diese These zu stützen. Da wir für die endoskopischen Untersuchungen allerdings in ein anderes Labor müssen, werden wir uns fürs Erste mit ein paar einfachen Tests begnügen. Wir müssen dringend ermitteln, was deine Ansprüche sind, damit dein Organismus optimal funktioniert. Ich vermute, es wird nicht mehr ausreichen, dich einfach in einen Nährstofftank zu stecken", erklärte er und klopfte dann auf einen Tisch, den er für Ethan frei geräumt hatte.

„Niemand von uns geht mehr in einen Tank! Mein ganzes Leben lang bin ich in diesem Keller gewesen! Es gab immer nur Untersuchungen und Tests! Ich habe genug davon! Ich will raus aus diesem Labor und weg von dieser Insel!", inzwischen lag deutlicher Zorn in Ethans Stimme und er hatte einen Arm seitlich ausgestreckt, um Asto zurückzuhalten, der wie ein wilder Stier kurz vor dem Kampf wirkte.

Einen Moment lang schwieg der Professor, dann legte sich ein leichtes Lächeln auf seine Lippen und er klopfte erneut auf den Tisch vor sich.

„Du willst aus diesem Keller raus, traust dich aber nicht einmal einen Schritt über die Türschwelle? Ethan Lane hat die Rechte an seinem Körper verloren, als er auf diese Insel kam. Du hast nie welche gehabt.
Du bist ein Produkt aus dem Reagenzglas mit kopierten Erinnerungen von toten Wirten. Ein Forschungsprojekt. Mich interessiert nicht, was du willst, sondern nur, wie du funktionierst. Je eher du dich damit abfindest, desto besser wird das hier zwischen uns laufen und jetzt komm her und setz dich auf diesen verdammten Tisch, damit wir anfangen können!"

„Nicht alle Wirte sind tot, oder? Einer lebt noch...".
Ethan sprach zwischen zusammengebissen Zähnen, während er vorsichtig den nackten Fuß über die Schwelle hob.

„Ich warne dich, komm bloß nicht auf dumme Ideen, sonst landest du mit deiner Familie schneller auf dem Sektionstisch, als du bis drei zählen kannst", erklärte er und griff dabei nach einem Gerät, das stark an einen Taser erinnerte.

„Weißt du, was das ist?", fragte er und richtete es auf Asto.

Da keiner der Beiden antwortete, setzte der Professor die Spitze des Gerätes auf der Tischplatte auf und drückte den Knopf am Griff. Ein lautes Zischen ließ Ethan zusammenzucken. Auf der Tischplatte bildete sich eine handtellergroße Raureifschicht und feiner Kältenebel stieg darüber auf.

„Wie das bei deinen Cyanofreunden wirkt, weiß ich bereits, denn für sie habe ich das entwickelt und auch bei dir sollte es zumindest lokal zu starken Erfrierungen kommen. Versteh mich nicht falsch, ich will dir keinen Schaden zufügen. Du bist mein Lebenswerk und ich würde deinen Tod als mein Scheitern betrachten. Aber auch aus deinen Überresten lassen sich sicher noch interessante Erkenntnisse gewinnen."

Ein kurzer Seitenblick von Ethan reichte aus, damit Asto bei der Tür stehen blieb. Stumm setzte sich der grünhäutige junge Mann auf den Stahltisch und sah durch die große Glasfront in die Halle, wo Blue immer noch an Sinas Seite in den Pflanzenüberresten spielte. Sie rollten sich die gesammelten Klumpen wie bei einem Murmelspiel zu und immer mal wieder stopfte sich der kleine Junge einen in den Mund und schluckte ihn im Ganzen hinunter. Auch Asto, die Arme vor der Brust verschränkt, sah dem Treiben zu, während er mit dem Rücken im Türrahmen lehnte. Zum ersten Mal wirkte er halbwegs entspannt. Der Professor nahm keine Notiz davon. Konzentriert prüfte er Blutdruck und Körpertemperatur, hörte die Atemgeräusche ab. Dann begann er mit Tupfer und Schaber, Speichel und Hautproben zu nehmen. Erst als er ihm für eine Blutprobe in den Arm stach, zuckte Ethan leicht zusammen.

„Sehr gut, das Schmerzempfinden scheint auch normal ausgeprägt zu sein."

Er wies mit einer Hautstanz-Zange zur Probenentnahme auf die anderen Drei: „Jetzt sie".

Sofort straffte sich Asto und drehte sich zu ihnen um, sodass er mit seiner hochgewachsenen muskulösen Statur den Türrahmen beinahe ausfüllte.

„Er will das jetzt nicht. Ich rede mit ihnen, vielleicht zu einem späteren Zeitpunkt", erklärte Ethan, was der Professor jedoch vollkommen ignorierte.

Mit dem Frost-Taser in der einen Hand und der Hautstanz-Zange in der anderen ging er langsam auf Asto zu.

Beide Männer fixierten sich wie Raubtiere kurz vor einem Angriff. In einer schnellen Bewegung preschte Zade vor, statt gegen Asto, ging sein Schlag jedoch mit dem Ellenbogen gegen den Türnotknopf. Blitzschnell schlug die Glasschiebetür zu und auch wenn Asto sich noch reflexartig nach hinten warf, ragte sein nach Lutz ausgestreckter Arm noch zu weit in den Raum. Die Tür trennte ihm die rechte Hand vom Unterarm wie ein warmes Messer durch Butter. Fasziniert betrachtete Lutz die Schnittstelle am Armstumpf. Unter der Hautschicht lag nur das rote Gel, kein Blut floss, keine Knochen oder Nervenbahnen waren durchtrennt und trotzdem spiegelte sich in Astos Gesicht eine Mischung aus Schmerz und Verwunderung. Die abgetrennte Hand vor Zades Füßen verlor ihre Form und wurde wieder zu einem roten Gelfladen, der zäh auf die Tür zu floss. Der Professor beugte sich hinunter, nahm eine Probe mit der Zange und drückte dann den Frost-Taser in die Masse. Asto bäumte sich in einem lautlosen Schmerzensschrei auf und taumelte zurück.

„Hör auf damit! Du tust ihm weh!", schrie Ethan und stürzte auf Lutz zu.

Er versuchte die Tür wieder zu öffnen, indem er auf den Knopf schlug. Auch Sina und Blue waren dazu gekommen. Der Junge versuchte ebenfalls die Tür zu öffnen, während Sina den Armstumpf untersuchte.

Ethan wandte sich zu dem Professor um, der das ganze interessiert beobachtete.

„Öffne sofort diese Tür!", forderte er wütend.

Der Professor musterte einfach weiter stumm die Szene und ein Grinsen legte sich auf seine Lippen, als er sah das Ethan sich wohl unterbewusst das rechte Handgelenk hielt.

„Du spürst seine Schmerzen, habe ich recht? Hat ihm schon das Abtrennen der Hand Schmerzen bereitet oder erst die Kälte? Wirkt sich die räumliche Trennung in irgendeiner Form auf die Kommunikation zwischen euch aus?"
„Mach die Tür auf!", brüllte Ethan.
„Wie ein bockiges Kind, dem man das Spielzeug weggeschlossen hat. Du wirst lernen, mir zu gehorchen und deinen Anhang besser unter Kontrolle zu halten, sonst wird eine abgetrennte Hand nicht das Letzte sein, was ich mit ihnen tue. Hast du mich verstanden?!", drohte Lutz.
Ethan schnaubte vor Wut, dennoch nickte er schließlich. Lutz gab verdeckt einen Code auf dem Bedienfeld an der Tür ein, woraufhin sich diese wieder öffnete. Sofort stürzte Ethan zu den drei anderen. Nur kurz betrachtete der Professor die Szene, bevor er die Tür wieder verschloss.
„Ich gehe jetzt die Proben auswerten und alles für weitere Tests vorbereiten. Dieser Raum ist alarmgesichert, wenn ihr versucht auszubrechen, werde ich das also sofort bemerken. Ich sage das nur noch einmal. Jedes Fehlverhalten von euch wird von mir hart bestraft!", mit diesen Worten wandte er sich um und verließ mit den gesammelten Proben das Labor.

Kaum, dass er gegangen war, wuchs aus Astos Armstumpf eine neue Hand. Erst noch aus rotem Gel, nahm sie fertig entwickelt auch wieder normale Hautfarbe an. Der Masseverlust war so gering, dass es auf seine Körperstatur keine sichtbare Auswirkung hatte.
Sina nahm Blue auf den Arm, während Ethan und Asto zu der Glastür traten.

Das abgetrennte Stück war immer noch im Büro und kroch nun langsam zu dem Bedienfeld an der Tür herauf, wo es sich als rote Schicht darüberlegte und die Tür sich schließlich geräuschlos wieder öffnete. Asto legte eine Hand auf die rote Masse, um diese wieder in sich auf zu nehmen. Ein kurzer Blick der Vier untereinander reichte zur Verständigung. Sina übergab Blue an Asto und zusammen gingen sie zur Labortür. Ethan gab den Code des Professors ein und auch diese Tür öffnete sich, ohne einen Alarm auszulösen.

Er wandte sich in die Richtung, die aus dem Keller herausführte, doch Sina fasste ihn an der Schulter. Stumm sahen sich die beiden an, dann nickte der junge Mann und ging voraus in die tiefer liegenden Etagen des Gebäudekomplexes.

19 - Fragen

Auf dem massiven ambossartigen Untersuchungstisch in Markes Werkstattlabor stand eine halbvolle, angestaubte Whiskyflasche. Der Hüne saß in sich zusammen gesunken auf einem Stuhl davor. Ein leeres Glas in den Händen, starrte er mit trauriger Miene das volle Glas auf der anderen Seite des Tisches an.

„Feierst du das Ende?", fragte Ethan, der ihn einen Moment lang von der Tür aus beobachtet hatte.

Da das Labor wie immer weit offenstand, war es kein Problem für den jungen Mann gewesen, sich leise zu nähern. Seine Haut war wieder menschlich gefärbt, jedoch ließ Markes sich durch den Schein nicht trügen.

Er stellte sein Glas ab, machte sich aber nicht die Mühe aufzustehen.

„Hast du ihn getötet?"

Ein kurzes Lächeln huschte über Ethans Lippen, während er langsam den Kopf schüttelte.

„Er ist doch mein Schöpfer. Ich habe ihm so viel zu verdanken. Etwas zu töten ist nur legitim, wenn dadurch etwas anderes wachsen kann. Töten, weil man dazu in der Lage ist, ergibt für mich keinen Sinn", erklärte er, während er mit geschmeidigen Bewegungen zum Tisch kam.

„Das lässt dennoch sehr viel Interpretationsspielraum… Was willst du hier?", fragte Markes, während er seinen Gast beobachtete.

„Ich brauche deine Hilfe. Lutz will mich nicht nach draußen lassen. Er ist endlich am Ziel und alles was er will ist: weiterforschen. Ich bin zu jung und zu neugierig, um auf einem Seziertisch zu landen."

Während Ethan sprach, färbte sich seine Haut langsam wieder grün. Interessiert sah er sich im Raum um, bis sein Blick an dem vollen Whiskyglas hängen blieb.
Als er jedoch danach greifen wollte, schlug Markes mit der flachen Hand so fest auf den Tisch, dass ein wenig der goldenen Flüssigkeit über den Rand schwappte.
„Fass das nicht an! Das ist nicht für dich. Ich fürchte, du schätzt mich falsch ein. Mir ist scheißegal, was mit dir passiert. Verschwinde aus meinem Labor!
Deine Probleme sind nicht meine.“
Nur kurz war Ethan zusammengezuckt, doch schnell kehrte ein lauerndes Grinsen auf seine Lippen zurück.
„Das würde ich so nicht sagen. Findest du nicht, dass du nach all dieser Zeit auch das Recht auf ein paar Antworten hast?“, fragte er und sah in Richtung des Türbogens.
Asto trat mit Blue auf dem Arm ein, gefolgt von Sina, die Markes mit traurigem Lächeln auf den Lippen ansah. Diesem wich in Sekundenschnelle jegliche Farbe aus dem Gesicht. Zitternd erhob er sich von seinem Stuhl und wich taumelnd rückwärts, bis die nächste Wand ihn stoppte. Sina hingegen trat, ohne den Blick von ihm zu wenden, an den Tisch und nahm das volle Glas in die Hand. Kurz roch sie daran und ein Mundwinkel zuckte, von einer schönen Erinnerung angetrieben, nach oben. Ein helles Klirren schwang durch den Raum, als sie das Glas sanft gegen die Flasche anstieß, bevor sie daran nippte.
„Alexander hat diesen Whisky zu eurer Ankunft hier auf die Insel gebracht. Ein guter Jahrgang von eurer Lieblingssorte. Ihr wolltet irgendwann damit anstoßen, wenn ihr stolz auf euer Werk blicken könnt. Auch wenn es sicher anders ist, als du es dir gedacht hast, so denke ich, der Zeitpunkt ist nun gekommen.

Findest du nicht?", erklärte Ethan, während Sina in kleinen Schlucken trank und dabei weiter Markes ansah. Dieser gewann nur langsam die Fassung zurück: „Woher weißt du das? Warum… warum tust du mir das an?!"
„Willst du wissen warum dein Alexander sein Lächeln verlor und Sina es nun auf ihren Lippen trägt?", fragte Ethan lauernd.
Sina stellte das leere Glas vor sich auf den Tisch und trat dann langsam auf Markes zu, der wieder völlig erstarrte.
Kurz bevor sie ihn jedoch erreichte, sackte Ethan plötzlich bewusstlos zusammen. Asto warf Blue zur Seite und stürmte durch die Tür in den langen Gang. Weit kam er jedoch nicht, denn Lutz feuerte auch auf ihn ein Geschoss ab, das ihn sofort erstarren ließ. Durch die Bewegungsenergie kippte die rothaarige Statur nach vorn und zerschellte wie Glas auf dem harten Betonboden. Das Klirren der Splitter erfüllte immer noch die Luft, als Blue und Sina sich umwandten und in verschiedene Richtungen flüchteten. Blue gab in einem weiten Hechtsprung seine menschliche Gestalt auf und klatschte als blauer Klumpen gegen das nächste Lüftungsgitter, in welches er hineinfloss und verschwand. Sina stürzte in das angrenzende Büro, wobei auch sie bereits ihre körperliche Form ablegte.
Mit einem großen Schritt trat Lutz über den Scherbenhaufen und kam in das Werkstattlabor, um nach Ethan zu sehen.
„Reiß dich zusammen Markes! Jetzt ist nicht die Zeit für sentimentales Gedusel! Wir müssen die beiden anderen erwischen, bevor sie Schaden anrichten können."
Diese Worte sorgten dafür, dass die Gesichtsfarbe des Hünen von fahlem Weiß auf ein dunkles Rot wechselte.

Mit wenigen Schritten, die den Boden unter seinen Füßen erbeben ließen, war Markes bei seinem Kollegen, packte ihn am Kragen und riss ihn zu sich nach oben.

„Sentimentales Gedusel?! Du erklärst mir jetzt sofort, warum dieses Weibsstück SEIN Gesicht trägt! Nein, warum sie ER ist! Der Mann, der die letzten Jahre durch die Gänge dieser Einrichtung geschlichen ist hatte nur sein Gesicht, das eben… die Art wie sie sich bewegt hat… die Augen… ich würde seine Augen sogar erkennen, wenn sie in einem Waschbären steckten!

Was geht hier verdammt noch mal vor sich!", brüllte Markes.

Als Antwort darauf verpasste der Professor seinem Kollegen eine Ohrfeige.

„Hör auf damit! Du siehst Dinge, die nicht da sind! Es tut mir leid, dass du das sehen musstest, aber das war nur Show, damit du tust, was er will."

„Nein! Woher soll er wissen wie…", setzte Markes an, doch Lutz fiel ihm ins Wort.

„Er kann Gedanken lesen! Er hat dir gezeigt, was du sehen wolltest!"

Der Professor drückte ihm eine Waffe in die Hand.

„Diese hier feuert Frostgeschosse. Es tötet die Cyanokulturen nicht, macht sie aber für eine gewisse Zeit vollkommen bewegungsunfähig. Ein paar deiner Drohnen sollen die roten Scherben im Gang zusammenfegen und in mein Labor bringen. Es ist sehr wichtig, dass sie jede einzelne erwischen! Und du musst dafür sorgen, dass die beiden flüchtigen Kulturen unschädlich gemacht werden. Ich werde den Wirt mit in mein Labor nehmen. Vielleicht kann ich ihn dazu bringen, seinen Anhang zu sich zu rufen, aber verlassen will ich mich darauf nicht."

Er wartete nicht auf eine Antwort, sondern drehte sich zu dem bewusstlosen jungen Mann am Boden um.

Vorsichtig hob er ihn auf und verließ den Raum. Einen Moment lang stand Markes einfach nur da und seine Brust hob und senkte sich unter schweren Atemzügen. Sein Blick wanderte langsam zu der Waffe in seiner Hand und dann zu dem Glas aus dem Sina getrunken hatte. Er schloss die Augen und seine Muskulatur zuckte wie unter kurzen Stromstößen. Schritte waren im Gang zu hören und im nächsten Moment begannen zwei Drohnen damit, Astos Einzelteile in Transportbehälter zu schaufeln.

„Telepathie… als wenn in meinem Schädel noch viel Organisches wäre, in dem er lesen könnte…", schnaubte Markes abfällig und nahm sich sein leeres Glas, sowie die Whiskyflasche. In dem Büro, in welches Sina geflüchtet war, zog er sich einen Stuhl direkt an die Tür, nahm Platz und schenke sich erneut ein. In aller Ruhe stellte er die Flasche auf dem Boden neben sich ab und nahm einen genüsslichen Schluck, bevor er den Blick langsam durch den Raum schweifen ließ.

„Keine Ahnung ob du mich hören kannst, aber dieser Raum ist absolut dicht. Hier gibt es keine Lüftungs-schächte oder Löcher in den Wänden, durch die du hättest abhauen können. Ich weiß, dass du dich hier irgendwo versteckst. Der Sprössling hat mir Antworten versprochen. Entweder du kommst raus und redest mit mir, oder ich zerlege hier alles in kleine Stücke und liefere dich eigenhändig bei Lutz ab."

Eine Weile passierte gar nichts, doch als Markes sein Glas schließlich geleert hatte und Anstalten machte, sich von dem Stuhl zu erheben, quoll langsam klare grüne Masse aus dem Bedienpult des Computertisches. Es fiel Markes schwer, seine Waffe auf die sich formende

Gestalt zu richtigen und als Sina ihn wieder mit diesen Augen ansah, die er so lange vermisst hatte, fiel sie ihm aus der zitternden Hand.

„Zade hat recht… du bist nicht mein Alexander… Aber was bist du? Wie kannst du ihm so ähnlich sein?", fragte er mit bebender Stimme.

Ein sanftes Lächeln legte sich auf Sinas Lippen und sie streckte eine Hand nach Markes aus. Ihre Lippen formten lautlose Worte, die er dennoch verstand.

„Wir sind Erinnerung… Lass es mich dir zeigen."

Erst als Markes nickte, trat sie dichter, bis ihre Hand sich behutsam auf seine Wange legte. Sie nahm die andere dazu und begann mit leichtem Druck der Mittelfinger seine Schläfen zu massieren. Er schloss die Augen und kurz darauf zuckten die ersten Bilder durch seinen Geist. Aus Alexanders Blickwinkel betrat er das Labor mit der riesigen Mandragora.

„Lutz, wir müssen reden. Was hier passiert ist nicht mehr das, womit ich mit meinem Namen stehen will. Ich bin Arzt geworden, um Menschen zu helfen. Die Unfälle, die hier passieren und dass seit neustem auch an Waffen geforscht wird, gefällt mir nicht. Ich habe mich entschieden zu gehen", hörte er die Stimme seines Freundes und sah die Reaktion des Angesprochenen darauf.

Die Szene lief weiter und Tränen rannen aus Markes immer noch geschlossen Augen.

Blue tapste auf nackten Füßen durch den langen dunklen Gang, blieb vor jeder Tür, die er passierte kurz stehen und musterte die Aufschrift. Als er B67 erreichte, hellte sich seine Miene auf, er klopfte und trat dann einen Schritt zurück.

Es dauerte eine Weile, bis die Tür sich einen Spalt breit öffnete und Tailors massiges Gesicht erschien.

„Wer stört?!", schnarrte er missgelaunt, während er in den Gang sah.

Es dauerte einen Moment, bis sein Blick tief genug gewandert war, dass er an Blue hängen blieb. Verwundert öffnete er die Tür ein Stück weiter, um den kleinen Jungen besser sehen zu können.

„Wer verdammt noch mal bist du denn? Was willst du hier?"

Als Antwort darauf begann Blue zu würgen und hielt sich beide Hände vor den Mund. Tailor wich einen Schritt zurück, starrte aber weiter fasziniert auf das Kind. Als Blue drei golfballgroße Kugeln in seine Hände spuckte, weiteten sich Tailors Augen und sein Kopf streckte sich so weit vor, dass seine Gesichtshaut sich spannte und die zusätzlichen Augenpaare auf seiner Stirn hervortraten. Die Kugeln waren milchig grün und da sie von innen heraus schwach leuchteten, waren schemenhaft die Spinnen zu erkennen, die sich darin befanden, eine in jeder Kugel und ihre zuckenden Bewegungen verrieten den baldigen Schlupf.

„Wie ist das möglich…?", raunte Tailor und streckte seine Hände zitternd nach den Eiern aus.

Blue überreichte sie ihm grinsend, wandte sich dann um und lief im Hopserlauf den Gang zurück, den er gekommen war. Einen Moment lang sah Tailor noch irritiert zwischen den Eiern und dem Jungen hin und her, dann trat er zurück in sein Büro und schlug die Tür zu.

20 - Antworten

„Ich hatte dich gewarnt… Ein wenig verwundert mich dein Verhalten, denn Ethan Lane war überaus einfach zu lenken.

Es ist erstaunlich! Trotzdem die Erinnerungen seines Lebens nun die deinen sind, unterscheiden sich eure Charaktere völlig voneinander. Aber damit soll sich Lorenzo befassen, wenn er will, mich interessiert erstmal nur der Aufbau."

Die Stimme des Professors drang wie durch einen dicken Nebel zu Ethan. Er brauchte lange, um die Worte, die ihn erreichten begreifen zu können.

„Wo seid ihr?", murmelte er leise.

Der Umstand, dass er sich nicht bewegen konnte verängstigte ihn in diesem Moment deutlich weniger, als die Tatsache, dass er niemanden aus seiner Familie wahrnahm.

„Du kannst keinen von ihnen spüren? Das ist wirklich äußerst interessant! Ich denke nicht, dass Markes mit seiner Jagd schon erfolgreich war, die Entfernung zwischen euch spielt also doch eine Rolle. Und was deinen roten Freund angeht…".

Der Untergrund auf dem Ethan lag kippte in Richtung seiner Füße ab, so dass er langsam aufgerichtet wurde. Vor Schreck über die unerwartete Bewegung riss der junge Mann nun auch die Augen auf. Gleißend helles Licht blendete ihn, aber er war nicht in der Lage, den Kopf wegzudrehen, da mehrere Gurte ihn fest auf dem Untergrund fixierten. Der kurze Versuch, sich gegen die Fesseln aufzubäumen wurde jäh unterbrochen, als er ein paar Meter entfernt auf einem anderen Tisch vier durchsichtige Kästen entdeckte. In ihnen bewegte sich glasig rote Masse.

„Jeason war 1,92 m groß und wog um die 100 kg. Diese Cyanokultur kann seine äußere Erscheinung perfekt imitieren, jedoch wiegt sie gerade mal 78,6 kg.

„Asto! Was hast du mit ihm gemacht! Lass ihn da sofort raus!", brüllte Ethan und begann wieder an den Gurten zu reißen.

„Sehr interessant. Panzerglas unterbricht also euren telepathischen Kontakt. Oder ist es der Umstand, dass er in mehrere Teile zerlegt ist?", fragte Lutz neugierig und trat zu einem der Behälter.

Ethan antwortete nicht darauf. Die Hilflosigkeit in der er sich befand steigerte seine Rage immer weiter. Seine Haut nahm einen intensiveren Grünton an und langsam erkannte Lutz auch wieder ein schwaches Leuchten, das sich als feines Netz aus Adern über den gesamten Körper zog. Als sein Geschrei eine Frequenz annahm, die Lutz in den Ohren schmerzte, riss er einen Arm in die Luft und hielt die ausgestreckte Hand über einen roten Knopf neben dem ersten Glasbecken. Da Ethan darauf nicht reagierte, ließ er die Hand nach unten schnellen. Aus mehreren Düsen im Boden des Tanks schossen blaue Flammen in die Masse, die in Sekundenschnelle zu brodeln begann. Augenblicklich erstarrte Ethan und der Professor hob die Hand wieder an.

Die Flammen erloschen und die nun bräunlich trübe Suppe im Becken regte sich nicht mehr. Langsam trat Lutz zu dem nächsten Becken und hob die Hand erneut.

„Diese Cyanokulturen von Mr. Lane sind eine nette Spielerei, aber für mich haben sie keinen Wert. Allein deine Kooperation entscheidet darüber, wie viel von ihnen am Ende übrigbleibt. Da verbale Drohungen bei dir nicht zu wirken scheinen, hoffe ich, du hast nun verstanden, was deine Handlungen für Konsequenzen haben. Oder?!" Er senkte die Hand etwas tiefer.

Ethan nickte stockend und eine Träne rann über seine Wange.

„Sehr gut… Ich will Antworten!", er nahm die Hand von dem Knopf weg und trat wieder dichter an Ethan heran, der immer noch auf den Tank mit Astos Überresten starrte.

„Ich habe mir natürlich die Überwachungsvideos angesehen, wie ihr aus dem Labor herausgekommen seid. Ich verstehe aber nicht, woher du den Code kanntest, um die Türen zu öffnen."

„Duftstoffe…", gab Ethan knapp zurück.

„Lass dir nicht alles aus der Nase ziehen! Wie genau!", forderte der Professor schroff.

„Wenn du etwas berührst, hinterlassen deine Finger durch Schweiß, Schmutz und andere winzige Partikel Spuren. Indem Asto sich über das Bedienfeld gelegt hat, konnte er diese wahrnehmen. Da sie recht flüchtig sind, ergab sich anhand ihrer Intensität auf den einzelnen Tasten auch die Reinfolge der Zahlen."

Lutz nickte nachdenklich.

„Ja, so etwas in der Art habe ich schon vermutet… Kannst du diese Spuren nur fühlen oder auch sehen und riechen?"

„Für mich ist das alles ‚sehen'… Ich weiß nicht, wie ich dir das anderes beschreiben kann. Da dies kein Wissen ist, was meine Wirte mitbrachten, muss ich die Bedeutung der Dinge, die ich sehe, erst lernen. Alles, woran ich mich erinnere ist so eindimensional im Vergleich zu meiner jetzigen Wahrnehmung, die so viel mehr umfasst als Farben und Konturen", erklärte er, während er weiter die Glasbecken anstarrte.

In Zades Miene spiegelte sich eine wilde Mischung aus Faszination, Euphorie und Neid.

„In dir sind drei brillante Wissenschaftler vereint. Mit den Erfahrungen von zwei Botanikern und einem Humanmediziner sollte es dir doch möglich sein, das Ganze ein wenig fachlicher auszuführen.
Ich will wissen, wie du funktionierst! Wie sind die chemischen und biologischen Vorgänge?", forderte er schroff.
„Vier Wissenschaftler… Du hast den Physiker vergessen", gab Ethan nur knapp zurück.
Zorn kochte in dem Professor hoch und er trat so dicht an den jungen Mann heran, dass dieser nicht mehr an ihm vorbei auf die Tanks sehen konnte.
„Ich sprach von brillanten Wissenschaftlern… Jeason ist nicht mal Durchschnitt gewesen. Du weißt ganz genau, dass ich ihn wegen anderer Attribute für diese Insel ausgewählt habe. In deinem Verstand ist er eher Ballast."
„Dann ist es ja gut, dass er gar nicht in meinem Verstand gespeichert ist, sondern in Astos", gab Ethan resigniert zurück, woraufhin die Augen des Professors sich zu kleinen Schlitzen verengten.
„Wenn du nicht sofort damit aufhörst, mir immer nur Bröckchen hinzuwerfen, brenne ich deinen roten Freund hier gänzlich nieder! Die Cyanokulturen funktionieren also als Speichermedium und du kannst auf sie zugreifen, um das dort abgelegte Wissen zu nutzen? Wie ist es möglich, dass diese unbeständige Substanz die Arbeit eines menschlichen Gehirns leisten kann? Wurde durch das Vernichten eines Teils davon auch ein Teil von Jeasons Erinnerungen ausgelöscht?"
Ethan versuchte den Kopf zu schütteln, jedoch hielt die Fixierung ihn davon ab.
„Nein… Du misst dem menschlichen Gehirn so viel Bedeutung bei, dabei ist es ein großes Defizit von euch Menschen. Wird dieses eine kleine Organ beschädigt, ist

es mit dem, was ihr seid vorbei. In jedem dieser Tanks ist Jeason gesamtes Wissen gespeichert. Einen menschlichen Verstand unterzubringen, benötigt deutlich weniger Masse, als du vermutlich denkst, besonders wenn man sich von dem Konzept der Nervenzellen und -bahnen als Leitersystem löst."

„Wie klein muss die Probe der Kultur sein, um nicht mehr sein gesamtes Wissen speichern zu können?"

„Das weiß ich nicht."

Ethan versuchte den Blick an Zade vorbei durch den Raum schweifen zu lassen.

„Die anderen beiden. Ruf sie her!", forderte der Professor.

„Kann ich nicht. Sie sind zu weit weg, wir haben keine Verbindung", gab Ethan zurück, während er sich weiter umsah.

Er sah ein medizinisches Labor zum Entnehmen und Analysieren verschiedenster biologischer Proben.

Aus seinem Blickwinkel erkannte er Zentrifugen, Kulturen Brutschränke und Kühltruhen. Schließlich blieb er an den beiden Drohnen hängen, die an der Tür standen, die Waffen schussbereit in den Händen. Tief sog er die Luft ein und ein leichtes Zucken hob seine Mundwinkel kaum merklich an.

Zade war derweilen wieder zu den Tanks getreten und hob die Hand über den nächsten Knopf.

„Ich glaube dir nicht! Du willst mich nur hinhalten! Ruf sie her oder der nächste Teil deines Freundes wird sterben!"

Mit fester Stimme begann der Professor von zehn abwärts zu zählen. Wieder zerrte Ethan an seinen Fesseln. Er schrie nach Asto, sah aber an der Szene bei den Tanks vorbei auf die beiden Wachen an der Tür.

Als Lutz bereits die drei erreicht hatte, riss eine der Drohnen die Waffe hoch und gab eine unkontrollierte Salve in den Raum ab. Eine Kugel traf den Professor in den Rücken und riss ihn zu Boden, vier weitere schlugen gegen die Tanks, prallten aber am Panzerglas ab. Noch bevor die Drohne ein weiteres Mal feuern konnte, hatte sich die zweite zu ihr umgewandt und sie mit einem einzigen Schuss in den Kopf niedergestreckt. Keuchend rappelte sich der Professor wieder hoch. Nach einem kurzen Seitenblick auf Ethan und die Tanks schleppte er sich zu der toten Drohne.

Das Gesichtsvisier war zersprungen und man konnte nun die emotionslose blasse Miene des Toten sehen. Blut rann aus der Wunde an der Schläfe und bildete bereits eine kleine Lache, die sich langsam ausbreitete. Auch in seinen Augen flossen blutigen Tränen zusammen.

Er bemerkte, wie einzelne Tränen aus dem rechten Auge über den Nasenrücken krochen, um sich mit denen im Linken zu verbinden.

„Das kann doch nicht…", Lutz stockte und sah kurz zu Ethan, der ihn stumm anstarrte.

In seinem Verstand rasten die Gedanken, während er beobachtete, wie der fast kirschgroße Klumpen sich in die Blutlache fallen ließ und dort wie ein großes Fettauge in Richtung der anderen Drohne trieb. Kurzerhand nahm er die Waffe des Toten und erschoss auch diese.

„Na Kleiner? Was machst du jetzt?"

Einen Moment lang blieb das rote Häufchen reglos, bevor es sich in Richtung Tür bewegte. Sofort griff Zade eine andere Pistole vom Gürtel einer der Drohnen.

Der kleine Laserpunkt fraß sich durch alles, was er traf und verbrannte auch in Sekundenschnelle den kleinen roten Klumpen.

„Normalerweise öffnen sie damit verschlossenen Türen, die Reichweite dieser Dinger liegt unter einem Meter", erklärte Lutz und schwenkte dabei die Pistole.

Erst als er die Glastanks erreichte und die schwappende Masse darin studierte, kam ihm langsam die Erkenntnis.

„Die beiden haben die Scherben zusammengefegt und in die Tanks verpackt. Winzige Splitter müssen dabei an ihnen hängen geblieben sein. Als diese dann auftauten, haben sie sich wieder zusammengefügt. Die Masse war zu klein, um wirklich intelligent zu agieren, aber ich bin mir sicher, auf die kurze Distanz konntest du dieses Problem ausgleichen. Habe ich nicht recht?"

Er wartete nicht auf eine Reaktion, sondern schlug mit der Faust auf den Knopf neben dem zweiten Tank.

Tränen sammelten sich in Ethans Augen, jedoch sagte er nichts.

Langsam trat Lutz zu dem nächsten während er weiter sprach.

„Ich habe jetzt wirklich genug von dem Theater. Du hattest deine Chancen. Der ganze überflüssige Ballast wird jetzt verbrannt und dann schneide ich dich in hübsche kleine Scheibchen, die mir alle Antworten geben, die ich haben will!"

Seine Hand schlug nach unten.

Als Lutz vor den letzten Tank trat, setzte von der Tür her ein leises Zischen und Knistern ein, das vom Verschmoren elektrischer Kabel zeugte. Mit einem Knall bohrte sich ein Metallkeil zwischen Türblatt und Rahmen. Nach wenigen Zentimetern erschienen kräftige Finger, welche die Tür gänzlich aufzogen.

Mit zornverzerrter Miene trat Markes in den Raum.

„Ich will verdammt noch mal Antworten! Und ich will sie JETZT!!!"

21 - Fäden

Der Professor stand immer noch neben dem letzten Tank, die Hand bereits über dem Knopf gehoben, auch wenn er sich inzwischen zur Tür umgedreht hatte. Markes trat ein paar Schritte in den Raum und hinter ihm kamen Sina und Blue zum Vorschein. Die junge Frau hielt sich im Hintergrund und musterte mit besorgter Miene das Geschehen, während der Junge sich an ihre Hüfte klammerte.
Das verblüffte Gesicht von Zade verzerrte sich.
„Ach so ist das also… Was soll das Markes, ich habe dir doch bereits erklärt…"
„Wag es nicht, mich noch einmal anzulügen! Es hat mich nie gestört, dass du die Angaben über deine Versuchspersonen selbst vor mir unter Verschluss gehalten hast, denn es hat mich einfach nicht interessiert, was du da mit deinem mutierten Grünzeug treibst. Aber du weißt ganz genau, dass ich mich in jedes elektronische System auf dieser Insel hacken kann. Ich hab das alles hier gebaut, ich bin das verdammte System! Selbst wenn ich diesen beiden Matschmännchen und ihrer angeblichen Telepathie nicht glaube, meiner eigenen Arbeit vertraue ich! Zwar habt ihr die Videoaufnahmen von damals gelöscht, aber wenn man so sehen kann wie ich, findet man immer noch ein Fünkchen der Wahrheit.
Wie konntest du IHM das nur antun?! Mal ganz davon abgesehen, was er für mich war, war er dein bester und einziger Freund!"
Lutz schwieg einen Moment, bevor er sich zu einer Antwort durchringen konnte.
„Wenn du sowieso schon alles besser weißt, was willst du dann von mir hören? Dass es mir leidtut? Tja… da muss ich dich wohl enttäuschen, denn das tut es nicht.

Der Erfolg gibt mir Recht!", er deutete mit ausgestrecktem Arm auf Ethan.

"Alles was passiert ist, war nötig um hier her zu kommen! Wir alle haben Opfer bringen müssen und ich bereue nicht eins davon!"

"Na warte, ich werde dich schon dazu bringen zu bereuen!", knurrte Markes.

Aus seinem Ärmel schossen Kabelstränge, die sich wie ein Schlaghandschuh um seine geballte Faust wanden. Als er jedoch einen Schritt auf Zade zu machte, senkte dieser nur etwas weiter die Hand über dem Knopf des letzten Tankes. Sina preschte mit einem Satz zwischen Markes und den Professor. Ihr Blick genügte, um den Hünen sofort in seiner Bewegung zu stoppen.

"Wie es aussieht, haben wir eine Pattsituation", erklärte Lutz und sah auf den roten Knopf, um den Ernst der Lage noch etwas zu verdeutlichen. Er zuckte heftig zusammen, da eine daumennagelgroße Spinne mitten darauf hockte.

"Was zum..."

Weiter kam er nicht, denn über ihnen begann es bedrohlich zu knacken. Die Decke platzte auf wie ein Vulkanausbruch. Statt Lavamassen quollen jedoch tausende kleine Spinnen hervor. Noch bevor Zade zur Seite springen konnte, brach Tailor mitten aus ihnen heraus. Sein Unterkiefer hatte sich zu beiden Seiten aufgeklappt, die Ränder waren mit messerscharfen Knochenkämmen besetzt und der Schlund dahinter voller widerhakenartiger Zähne. Im Sturz packte er den Professor an den Schultern, stülpte das aufgerissene Maul über seinen Kopf und ließ die Kieferscheren zuschnappen. Keuchend versuchte er, den abgetrennten Schädel herunterzuschlucken, während die letzten Zuckungen des Körpers unter ihm langsam erstarben.

„Verdammt noch mal Tailor… Seit Jahren hast du dich nicht mehr aus deiner Kammer gewagt und jetzt so was?", fragte Markes, während er zu dem Loch in der Decke hochsah, in welches gerade die Spinnenmassen zurückströmten.

„Er hat Jeason getötet… den einzigen Freund, den ich jemals hatte… Sie haben es mir gezeigt", brachte Tailor schließlich hervor, nachdem der Schädelbrocken seinen dürren Hals passierte und er wieder Luft zum Sprechen hatte. Er deutete auf drei handtellergroße grüne Spinnen, die gerade zwischen den anderen in der Decke verschwanden. Sina eilte derweilen zu Ethan, um ihn zu befreien, während Blue sich an dem Tank mit Astos letztem lebenden Bestandteil zu schaffen machte.

Der rote Gelklumpen besaß kaum noch so viel Masse wie der blauhaarige Junge. Einen Moment lang schwappte er formlos über den Boden, bevor er begann sich zu wandeln. Jedoch statt wie Blue eine menschlich kindliche Gestalt zu wählen, entschied Asto sich für einen Kampfhund. Der muskelbepackte Staffordshire Bullterrier mit rostbraunem Fell und leuchtend roten Augen schmiegte seinen massigen Kopf an Ethans Bein, der ihn sofort zu kraulen begann.

„Jeason hatte so einen Hund, bevor er auf diese Insel kam," erklärte er und Tailor nickte zustimmend.

Lautlos jauchzend stürzte Blue auf den Hund zu, schlang die Arme um seinen Hals und kuschelte sich an ihn. Ethan und Markes traten zu den Überresten des Professors. Langsam ging der grünhäutige junge Mann auf die Knie und strich sanft über den Rücken des Toten.

„Es tut mir leid, Vater, dass es für uns keinen anderen Weg gab."

„Was hast du jetzt vor?", fragte Markes.

Ethan erhob sich wieder und sah nachdenklich zwischen ihm, dem Toten und seiner Familie hin und her.

„Mein Kopf ist voll mit Erinnerungen an eine Welt, die ich nicht kenne. Jeason und Alexander waren viel in Großstädten und unter Menschen. Lutz und Ethan haben die Einsamkeit in der Natur vorgezogen", er sah wieder zu Boden.

„Ich denke, ich habe erstmal genug von Menschen. Ich will die Natur mit eigenen Augen sehen. Ich will den Duft von Blumenwiesen, Wind der über schroffe Felshänge pfeift und Wälder... Verschlungene Regenwälder, geradlinige Buchenhaine und monumentale Redwoods."

Seine Augen leuchteten derart während er sprach, dass es sogar Markes ein leichtes Lächeln auf die Lippen zauberte.

„Ich bin ein Wesen zweier Welten. Ich will mich in die Stillere davon zurückziehen, um zu ergründen, wer ich bin."

Markes nickte nachdenklich.

„Du könntest hierbleiben. Diese Insel wird demnächst sehr ruhig werden", stellte er mit derart bestimmtem Unterton fest, dass Ethan neugierig zu ihm aufsah.

„Du willst hier ausmisten?"

„Oh ja... deine kleinen Freunde haben mir wirklich die Augen geöffnet. Alles, was sie mir gezeigt haben, hätte ich auch selbst sehen können, wenn ich nicht so in mir versunken gewesen wäre... Vielleicht hätte ich sogar...", Markes stockte und blickte zu Sina, die mit sanftem Lächeln auf den Lippen dabei zusah, wie Blue mit dem Hund herumtobte.

Kräftig schüttelte er den Kopf, bevor er weitersprach.

„Ich werde unter diese Insel einen Schlussstrich ziehen und dafür ist es nötig, noch ein paar Fäden zu kappen."
Tailor zuckte heftig zusammen und wich blinzelnd, mit angsterfüllter Mine ein paar Schritte zurück. Markes winkte jedoch nur ab.
„Nicht du, du Idiot… Geh in deinen Keller zurück.
Ich weiß doch, dass es dir hier viel zu hell ist. Mach dir keine Sorgen. Wir beide werden zukünftig die stillen Wächter dieser Insel, um zu verhindern, dass sich die Geschichte wiederholt."
Kurz nickte ihm Tailor zu, bevor er sich hoch zu dem Loch in der Decke schwang und dort verschwand.
„Wenn ich so darüber nachdenke, möchte ich das auch tun", stellte Ethan nachdenklich fest.
„Was meinst du? Wächter dieser Insel werden?", hakte Markes nach.
„Etwas kappen", antwortete er knapp.
„Denken wir dabei an denselben?"
„Nein… auch wenn die Fäden, die du meinst mich durchaus auch gestreift haben, habe ich meine eigenen, aber wenn du möchtest helfe ich dir erst bei deinen."
Markes nickte knapp, trat an den nächsten Computer und versenkte ein paar seiner eigenen Kabel in dessen Anschlüsse. Seine Augen verdrehten sich ins Weiße und einen Moment lang stand er nur still da.
„Du hast recht… natürlich hat er nichts von dem, was in den letzten Stunden passiert ist verpasst. Im Gegensatz zu uns anderen hat er immer alle Überwachungskameras, die relevant sind, im Blick gehabt. Seit Zades Tod ist er nirgendwo mehr zu sehen. Ich habe keine Ahnung, in welchem Loch sich die Made verkrochen hat", stellte Markes missmutig fest und löste seine Verbindung zu dem Rechner.

Ethan sah kurz zu seinen drei Gefährten. Sina nickte, als sie das Labor verließen.

„Sie werden den Gebäudekomplex nach ihm absuchen. Ich vermute allerdings, dass er nicht mehr hier drin ist. Wenn das stimmt, kann ich ihn recht einfach für dich finden."

Er winkte Markes ihm zu folgen und zusammen traten sie an das Tor der Forschungsstation. Für den letzten Schritt über die Schwelle brauchten beide etwas länger, wenn auch aus unterschiedlichen Gründen. Aufregung und Freude waren in Ethans Blick deutlich zu lesen und alles an ihm strahlte, als seine nackten Füße sich in weiche Erde bohrten. Markes beobachtete einen Moment, wie der grünhäutige junge Mann seine Umgebung mit großen Augen erkundete, wie ein Blinder, der zum ersten Mal das Licht der Welt erblickt. Tränen der Freude rannen über Ethans Wangen, als er sich an den Stamm eines großen Feigenbaumes schmiegte und sanft die Finger über das raue Holz gleiten ließ.

„Kannst du ihn nun finden, oder nicht?", unterbrach Markes ihn schließlich.

Er selbst hatte das Gebäude seit Alexanders Wesensveränderung nicht mehr verlassen und empfand das helle Sonnenlicht nun als unerträglich.

Kurz sah Ethan sich zu ihm um, dann legte er die Stirn an die Rinde des Baumes und schloss die Augen.

„Sie wissen wo er ist… Willst du es sehen?", fragte er schließlich und streckte ihm eine Hand entgegen.

Etwas zögernd trat Markes dichter und ergriff die Hand.

„Du musst mit der anderen Hand den Baum berühren und deine Augen schließen."

Als daraufhin nichts passierte, wollte Markes die Verbindung schon wieder lösen, als er plötzlich anfing

Farben wahrzunehmen. Wabernd flossen sie ineinander und es dauerte eine Weile, bis darin die ersten Formen erkennbar waren. Die bunten Ströme wurden zu einem Nebel und langsam begriff Markes, dass er die Botenstoffe der Pflanzen um sich herum sehen konnte.
Wie zahllos vernetzte Blutkreisläufe erkannte er die einzelnen Bäume, Sträucher und sogar Gräser.
Sie wurden von dem Nebel durchflossen und gaben ihn anschließend in Teilen weiter.
„Das ist ihr Warnsystem… ich zeige es dir", erklärte Ethan.
Markes Geist begann sich durch die Farben zu bewegen, als sei er selbst ein Teil des Stroms. Sie folgten einem rötlichen Schimmer in Richtung seiner Quelle. In einer Baumkrone blitzte plötzlich etwas Gelbes auf, ein neuer Farbschwall, der ins Informationssystem gespült wurde und dessen Ursprung die Form eines Vogels hatte, der eine Frucht mit dem Schnabel bearbeitete.
„Nicht jede Nachricht, die übermittelt wird, zeigt eine Gefahr. Vögel, die Samen fressen sind gut, denn sie tragen sie in sich weiter und helfen bei der Vermehrung. Wenn ihnen schmeckt, was sie fressen, werden sie wiederkommen und vielleicht sogar Artgenossen mitbringen", erklärte Ethan. Jedoch verweilten sie nicht, sondern folgten weiter der roten Spur bis zu einem abgeknickten Ast und zertretenen Farnbüscheln am Boden. Wie Blut flossen die Botenstoffe aus den Wunden in den Informationskreislauf und wurden in alle Richtungen davongetragen. Sie passierten die verletzten Pflanzen, denn ein Stück entfernt gab es weitere zertretene Gewächse und abgerissene Äste.
„Wer sich unachtsam durch die Natur bewegt, hinterlässt Spuren und wer anderen schadet, der erhält dafür die Quittung."

Zu der roten Spur kam eine neue, leicht violette Farbe. Einige Pflanzen hier hatten Dornen, die von etwas gestreift worden waren. Auch die Wunden, die sie gerissen hatten, hinterließen nun Botenstoffe, die weitergetragen wurden. Schließlich erreichten sie die Quelle. Ein violetter Farbennebel, der eine menschliche Gestalt bildete kauerte sich in dem roten Schleier abgeknickter Äste in einem Gebüsch zusammen.

„Das ist er…", knurrte Markes.

„Wo ist das, ich habe hier keine Orientierung."

„Am Hafen. Er wartet dort wohl auf das nächste Versorgungsschiff."

Ethan brach die Verbindung ab und Markes taumelte überrumpelt davon ein paar Schritte zurück.

„Kommst du mit?", fragte er knapp, während er sich schon umwandte.

Ethan schüttelte nur langsam den Kopf, während er wieder auf das große Eingangstor zuging.

„Nein… Ich muss mich noch um etwas anderes kümmern."

22 - Abschied

Beinahe lautlos bewegte sich Ethan durch die langen Flure der Kellerlabore, bis er schließlich vor einer der Türen zum Stehen kamen. Langsam wechselte sein grüner Hautton zu einer gesunden menschlichen Färbung und da das Lämpchen über der Tür anzeigte, dass nicht verriegelt war, trat Ethan ohne anzuklopfen ein.

Sofort fiel sein Blick auf einen menschlichen Fleischberg auf einem kaum noch sichtbaren Stuhl, dem ein von der Decke hängender Schlauch tief in der Kehle steckte.

„Ethan?!", kam es mit deutlich schockiertem Tonfall von Till, der an den Überwachungsgeräten stand.

Der Angesprochene reagierte nicht darauf, sondern musterte nur weiter sein aufgeschwemmtes Ebenbild, das unter der Druckbefüllung keuchte.

„Das ist es also, was du dir für mich gewünscht hast? Das ist wie du liebst?", fragte Ethan

Er trat dichter und berührte vorsichtig den massigen Leib.

„Das… du verstehst nicht, ich… wie kannst du überhaupt hier sein? Ich dachte… also…", stammelte Till, konnte sich aber für keinen Gedanken, der ihm gerade durch den Kopf schoss entscheiden.

Ethan wandte sich zu ihm um. Ein sanftes Lächeln lag auf seinen Lippen, als er langsam auf ihn zukam.

„Mach dir keine Sorgen. Ich bin nicht wirklich der Ethan, den du kanntest. Dieser Körper ist nur ein Wirt für mich. Eine Form, in der ich mich bewegen kann."

Till atmete bei diesen Worten sichtlich erleichtert auf und wirkte nun deutlich interessierter an seinem ungebetenen Gast.

„Das Experiment des Professors war also erfolgreich?"

Als Antwort darauf wechselte Ethan wieder zu seiner eigentlichen Körperfarbe. Als er Till erreicht hatte, schmiegte er sich an ihn, was dieser mit breitem Grinsen quittierte.

„Neben diesem Körper nutze ich auch die Erinnerungen meines Wirtes. Die Gefühle, die er für dich hatte…", er ließ leicht die Hüfte gegen Till kreisen, während er die Arme um seinen Nacken schlang und sich für einen tiefen innigen Kuss zu ihm hochzog.

Till seufzte wohlig und ließ nun auch seinerseits die Hände über den warmen grünen Körper gleiten, der bereits von einem leichten Schweißfilm überzogen war. Plötzlich verspürte er ein unangenehmes Kribbeln an seinen Lippen und stieß Ethan erschrocken von sich. Grinsend trat der Grünhäutige ein paar Schritte zurück, während er dabei zusah, wie Tills Haut an den Stellen, wo er ihn berührt hatte, aufquoll.

„Sogenannter Pflanzenkrebs wird durch Bakterien verursacht, die zu unkontrolliertem Wachstum im Gewebe führen. Ich war gerade draußen und konnte tatsächlich ein paar von diesen Bakterien finden. Ich habe sie vorübergehend in meiner Körperflüssigkeit eingelagert. Du hast so viel für mich getan, da wollte ich dir gern etwas zu deiner Arbeit passendes zurückgeben."

Till taumelte keuchend mit entsetzter Miene zurück, während seine Hände und das Gesicht immer stärker wucherten.

„Auch wenn es mir im Endeffekt von Nutzen war, hat dein Verrat an ihm, Ethan das Herz gebrochen. Du hast ihm hier Halt gegeben, er hat dir vertraut und dich geliebt. Nach allem, was ich bisher erfahren haben, sind Menschen wirklich schlechte und heimtückische Kreaturen, die jene Individuen unter sich vernichten, denen diese Attribute fehlen.

Ich bin nicht bereit, das so hinzunehmen, denn ich wurde geschaffen, um die Welt besser zu machen. Betrachte mein Geschenk an dich als Anfang davon!"
Ethans Miene war ernst geworden und aus seiner Stimme war jegliche Wärme gewichen. Till hingegen versuchte nun panisch mit seinen kugelig aufgequollenen Händen ein Schubfach zu öffnen, um an die Medikamente darin zu kommen. Da die Wucherung ihm langsam aber sicher die Atemwege abdrückte, brach er schließlich zusammen und wand sich zuckend in vergeblichem Kampf um Sauerstoff am Boden. Geduldig sah Ethan dabei zu, wie der entstellte Körper schließlich zur Ruhe kam, bevor er sich abwandte und den Raum wieder verließ.

Zusammen betraten die drei Cyanokulturen erneut das Kellerlabor von Professor Zade, in dem immer noch die verdorrten Überreste der riesigen Mandragora über den Boden und im Wassertank verteilt lagen.
Stumm begannen sie darin zu suchen und sammelten die letzten kleinen Nüsse auf, die Blue, eine nach der anderen, hinunterschluckte. Jedoch schien es nicht das zu sein, wonach sie eigentlich suchten. Schließlich stieg Sina über die Treppe zu der Plattform hoch und sprang von dort aus in den Tank, um an dessen Grund zu tauchen. Eine Weile wühlte sie in dem trüben Schlick, bevor sie wieder an die Oberfläche kam und Blue einen faustgroßen Klumpen zu warf. Der Junge fing ihn auf und begann sofort daran zu lutschen. Bei dem Versuch, ihn ganz in den Mund zu schieben, sperrte er den Kiefer unnatürlich weit auseinander. Einen Moment wirkte es so, als würde er an dem Brocken ersticken. Sina stieg inzwischen wieder aus dem Tank und Asto schmiegte sich an die Seite des Jungen, um ihm Halt zu geben.

Als er es schließlich geschafft hatte und der Brocken seinen Hals hinunter wanderte, hob Sina ihn auf den Arm und streichelte ihm sanft klopfend über den Rücken. Hustend spuckte Blue einen Mundvoll braunen Schlick über ihre Schulter zu Boden, wie ein Kleinkind, das nach einer zu hastigen Mahlzeit ein Bäuerchen machte. Dann grinste er zufrieden und Sina nickte lächelnd, bevor sie ihn wieder absetzte, damit sie zusammen den Rückweg antreten konnten.

Es wirkte befremdlich, wie der große Mann sich mit allergrößter Vorsicht durch das Unterholz des Dschungels in Richtung Hafen bewegte. Es war ihm anzusehen, dass diese Achtsamkeit für seine Umgebung normalerweise nicht zu seinem Interessengebiet zählte, aber nachdem, was er gerade über die Spuren der verletzten Pflanzen gesehen hatte, war er bemüht, so wenig wie möglich davon zu erzeugen. Erst, als es vor ihm im Gehölz laut zu knacken begann und er noch den Zipfel einer Priesterrobe erkannte, preschte auch Markes los, um den Fliehenden einzuholen. Er erwischte ihn am Kragen, als dieser durch das Dickicht brach und auf den kleinen Anlegehafen zurennen wollte.
Professor Satorie schrie spitz auf und ruderte wild mit den Armen, um wieder freizukommen. Markes zog ihn jedoch zu sich herum und packte ihn fest an den Schultern.
„Das Schiff kommt erst in einer Woche, Lorenzo. Hast du wirklich geglaubt, dich so lange hier verstecken zu können?"
„Was willst du von mir, ich habe doch gar nichts getan?! Lutz hat Alexander und die anderen mit seinen Experimenten umgebracht, ich wollte immer nur helfen!",

stammelte der Geistliche und versuchte dabei so klein und unschuldig wie zu möglich auszusehen.

„Da bin ich mir sicher… allerdings immer nur dir selbst! Je mehr ich darüber nachdenke, desto bewusster wird mir, dass du sogar noch schlimmer bist als Lutz. Er hat nur seine Arbeit gesehen und alles andere dafür geopfert. Du aber bist ein Marionettenspieler! Aus dem Verborgenen hast du die Fäden gezogen und dann im Stillen beobachtet, was passiert. Ich will nicht so weit gehen und behaupten, dass du schon eine Ahnung davon hattest, was passieren könnte, als du damals vorgeschlagen hast, diese Insel von dem Geld deiner Familie zu finanzieren. Für deine eigene Arbeit hast du nie sonderlich viel Zeit aufgewendet, du warst mehr damit beschäftigt, uns anderen als Berater zur Seite zu stehen. Auch als später andere Wissenschaftler und Studenten auf diese Insel kamen… Du hast dich selbst zum Seelsorger ernannt und sie alle in ihr Verderben geschickt, wenn sie mit Problemen zu dir kamen.
Du hast alle Projekte überwacht und schon bei den Bewerbungen für Lutz die passenden Probanden ausgewählt. Ich habe immer gedacht, dass er hier der leitende Wissenschaftler war, aber eigentlich warst du das all die Jahre, versteckt hinter seinem Gesicht.
Auf keinem Brief oder Vertrag steht dein Name, alles lief über Lutz Zade. Du bist schlau genug, um zu wissen, dass so etwas Unethisches, wie diese Insel, nicht ewig existieren kann, ohne dass irgendwann Köpfe rollen!"
Ein kurzes Grinsen huschte über Lorenzos Lippen, auch wenn er versuchte, es schon im Aufkeimen wieder zu unterdrücken.
„Nein, nein… das siehst du alles ganz falsch. Ich…"
Markes schüttelte ihn, damit er den Mund hielt.

„Mir fehlt die Zeit und Muße, um alle Aufzeichnungen der Überwachungskameras durchzugehen, auch wenn ich diese Daten deutlich schneller verarbeiten kann, als ein normaler Mensch. Bevor ich Lutz in seinem Labor aufsuchte, habe ich mit einer Filtersuche hunderte Stunden Filmmaterial durchgesehen. Bei dem, was ich hier sage, bin ich mir also absolut sicher! Aber ich helfe dir gern dabei, so zu sehen wie ich es kann, um dein selektives Gedächtnis aufzufrischen.“

Überall unter Markes Kleidung krochen Kabel hervor. Einige waren mit Greifern versehen, die Lorenzo packten, andere waren mit kleinsten chirurgischen oder mechanischen Werkzeugen ausgestattet, die sich in seine Schläfen, Ohren und den Nacken bohrten.

Satorie schrie panisch auf, als zwei Greifer direkt auf sein Gesicht zuschossen. Sie stießen tief in die Augäpfel hinein und rissen heraus, was davon übrigblieb.

Die Schmerzen raubten ihm beinahe die Besinnung, jedoch blieb ihm eine erlösende Ohnmacht verwehrt.

Ein weiterer Greifer wandte sich dem linken Auge von Markes zu, zerstörte es jedoch nicht, sondern griff den Glaskörper behutsam und zog ihn langsam aus dem Schädel. Haardünne elektrische Kabel wanden sich zu einem Strang am hinteren Ende des mechanischen Augapfels zusammen. Sie wurden gekappt, bevor der Greifer das Auge in Lorenzos Schädel einpasste. Aus der blutenden Höhlung stießen bereits Drähte, die das künstliche Auge in Empfang nahmen und sich damit verknüpften, während andere Werkzeuge bereits die übrigen Wunden medizinisch versorgten.

„Mit diesem Auge kannst du zwar nicht mehr im herkömmlichen Sinne sehen, aber ich habe dort eine große Auswahl an Filmmaterial der Überwachungskameras gespeichert, damit du sehen kannst, welche Leben dein

Handeln zerstörte! Durch deine Ohren dringt nun kein
Laut mehr außer meine Stimme, wenn ich das wünsche.
Du hast also völlige Ruhe, um dich mit deinen Taten
auseinander zu setzen."

Noch während Markes sprach, sah Lorenzo die ersten
Bilder, als würde er in einem dunklen Raum einen Kino-
film ansehen, bei dem es ihm nicht möglich war, die
Augen zu schließen. Auf der geistigen Leinwand sah er,
wie die verschiedenen Menschen, die über die Jahre hinweg diese Insel erreichten, voller Enthusiasmus und Zu-
versicht ihre Forschung begannen. Er sah, wie sie langsam in den Abgrund gerissen wurden, der sie schließlich verschlang. Bei jedem einzelnen wurde dem
falschen Priester das eigene Zutun an diesem Schicksal
aufgezeigt und das grausame Ende, was jeden von
ihnen ereilte.

Lorenzo schrie und schüttelte den Kopf, um die Bilder
loszuwerden. Durch die Schmerzmittel, die Markes ihm
zum Ende der Behandlung gespritzt hatte, spürte er von
den frischen Wunden nichts mehr. Jedoch die Aufzeichnungen, die er nun immer und immer wieder sah,
trieben ihn in den Wahnsinn. Markes ließ ihn los,
woraufhin er orientierungslos davon taumelte.

Ethan kam gerade noch rechtzeitig den Weg zum Hafen
herunter, um zu sehen, wie der Professor wieder im
Dickicht verschwand.

„Du hast ihn nicht getötet?", frage er überrascht,
woraufhin Markes nur mit den Schultern zuckte,
während er lauschte wie das Geschrei langsam von dem
dichten Blattwerk geschluckt wurde.

„Ich hätte erwartet, dass du ihn einfach mit deinem
großen Schmiedehammer erschlägst."

„Ja… zuerst wollte ich das auch, aber so ein schnelles
Ende hat er nicht verdient.

Keinem seiner Opfer war das vergönnt. Früher oder später wird er schon von irgendeiner Klippe ins Meer stürzen. So groß ist diese Insel nicht. Aber bis dahin kann er noch ein wenig in der Hölle schmoren, die er erschaffen hat."

Ethan nickte nachdenklich und musterte Markes dann noch einmal.

„Was ist mit deinem Auge passiert? War er das?"

„In gewisser Weise schon. Ich habe es ihm als Abschiedsgeschenk überlassen. Es ist kein Problem für mich, mir ein Neues zu bauen. Aber mal sehen, vielleicht lasse ich es auch so, als kleines Mahnmal."

Ethan nickte erneut und wandte sich dann in Richtung Hafen, um den Blick über das Meer schweifen zu lassen.

„Diese Weite… Nach all den Jahren in einem einzigen Raum ist das hier…", seine Stimme brach und er brauchte eine ganze Weile, um weiter sprechen zu können.

„Ich kann es kaum noch erwarten, endlich ein eigenes Leben anzufangen!"

Knapp eine Woche war vergangen, als sie sich wieder im Hafen einfanden. Ethan hatte eine menschliche Hautfarbe angelegt und trug die Kleidung seines Wirtes. Auch Sina und Blue waren bekleidet, wobei letzterer damit sehr unglücklich wirkte und die ganze Zeit über mit bockiger Miene an sich herumzupfte.

„Danke Markes, dass du uns noch verabschiedest."

Ethan stellte seine Reistasche ab. Er ließ den Blick über die Bucht zu dem Schiff wandern, das gerade die Brandung passiert hatte und nun im ruhigen Fahrwasser auf sie zukam. Der Angesprochene nickte nur, während er die Tasche, die er für Sina getragen hatte, abstellte und Ethans Blick folgte.

„Denk dran… in deinem Gepäck und auf dem Konto, was ich dir eingerichtet habe, ist genug Geld, damit du in dieser Welt da draußen erstmal abgesichert bist.
Ich denke immer noch, dass es keine gute Idee ist, dass du gehst. Wenn sie merken, was du bist… was ihr seid, werden sie euch töten", erklärte Markes stockend, wobei er zu Sina schielte, die gerade mit ernster Miene versuchte Blue davon abzuhalten, seine Schuhe wieder auszuziehen. Als sie seinen Blick bemerkte, sah sie auf und lächelte sanft. Ertappt wandte sich Markes ab.
„Wir müssen gehen… vielleicht kommen wir irgendwann zurück, aber jetzt ist es wichtig für uns, ein wenig Abstand zu all dem hier zu bekommen."

Das Schiff legte an und der Kapitän musterte die kleine Gruppe.
„Gar keine Kisten heute?", fragte er, während seine Männer bereits mit dem Abladen begannen.
Markes hob die Hand zum Gruß.
„Es wird ab sofort keine Fracht mehr geben, die diese Insel verlässt. Diese Passagiere sind die letzten", erklärte er.
Ethan nahm derweilen Asto an die Leine und Sina Blue wieder an die Hand, bevor sie ihre Reisetaschen schulterten.
„Na Junge, konntest du das Glück finden, was du hier gesucht hast?", fragte der Kapitän und musterte Ethan mit kritischer Miene.
Dieser wirkte im ersten Moment etwas irritiert von der Frage, nickte dann aber lächelnd. Die Augen des Kapitäns verengten sich zu Schlitzen. Ohne den Blick von Ethan abzuwenden, spuckte er den Stummel seiner Zigarre ins Wasser und angelte sich eine neue aus der Innentasche seiner Weste.

„Mehr Leid als Freud… so viel ist sicher…“, knurrte er und wandte sich ab.

„Mach`s gut, Sprössling. Pass auf dich auf und stell keinen Unfug an“, verabschiedete sich Markes und reichte Ethan die Hand. Statt diese anzunehmen, ließ Ethan sein Gepäck und die Leine fallen, um ihn kurz aber fest in die Arme zu schließen. Auch Sina wandte sich ihm zu und ihre Umarmung war deutlich länger. Tiefe Trauer lag in ihrem Blick, auch wenn sie, wie so oft, ein Lächeln auf ihren Lippen hatte. Ihr Mund formte Worte, denen Ethan eine Stimme gab.

„Auch wenn ich nicht Alexander bin, so trage ich seine Gefühle für dich tief in mir. Was wir zusammen hatten, wird in mir weiterleben. Ich werde dich nie vergessen.“

Markes war der Kloß, der sich in seinem Hals gebildet hatte, deutlich anzusehen und er brauchte einige tiefe Atemzüge, um ihn zu schlucken. Wortlos wuschelte er Blue durch die Haare, nickte Asto einmal knapp zu und wandte sich zum Gehen.

Der ohrenbetäubende Signalton der Hafenuhr ertönte.

„Ablegen!!“, brüllte er Kapitän und seine Männer zogen die Gangway ein.

Nachdem sie die Untiefen um die Insel passiert hatten, trat Ethan mit den anderen vorn an die Reling und sah über das weite Meer. Blue, Sina und Asto folgten seinem Blick. Plötzlich begann Blue zu würgen. Statt sich aber ins Meer zu übergeben, spuckte er eine faustgroße Knolle aus, die er Ethan entgegenhielt. Dieser musterte sie nur kurz und schüttelte dann lächelnd den Kopf.

„Nicht jetzt. Pass gut auf sie auf, bis wir eine Stelle gefunden haben, wo wir sie pflanzen können.

Diese Mandragora ist die Zukunft und die Rettung der Menschheit.“